学诗札记

何庆善 著

安徽大学出版社

图书在版编目(C I P)数据

学诗札记/何庆善著. —合肥:安徽大学出版社,2007.5

ISBN 978-7-81110-303-8

Ⅰ.学... Ⅱ.何... Ⅲ.诗歌—文学研究—中国—文集 Ⅳ.I207.22-53

中国版本图书馆 CIP 数据核字(2007)第 055914 号

学诗札记 何庆善 著

出版发行	安徽大学出版社 (合肥市肥西路 3 号 邮编 230039)	**印 刷**	中国科学技术大学印刷厂
		开 本	880×1230 1/32
联系电话	编辑室 0551-5108515	**印 张**	7.75
	发行部 0551-5107784	**字 数**	160 千
E-mail	ahdxchps@mail.hf.ah.cn	**版 次**	2007 年 5 月第 1 版
责任编辑	高 兴	**印 次**	2007 年 5 月第 1 次印刷
封面设计	孟献辉		

ISBN 978-7-81110-303-8 **定价:16.00 元**

目 录

序

何庆善教授是海内著名古典文学家，著述丰赡，其《李白在安徽》、《唐诗小集——罗邺诗注》、《唐诗评三种》、《古典诗词学习例说》、《黄山纵横谈》、《怡然轩诗文录》等书面世后，即不胫而走，广为流传，深受广大读者的喜爱。而今，何教授在广采博取、转益多师的基础上，独辟蹊径，推出《学诗札记》，为中国诗学宝库添了新的品种，这是值得庆贺的。

何教授是深谙诗词理论的学者，又是兼擅诗词创作的诗人，故这部《学诗札记》具有一个重要特点，这就是，善于把理论的阐释和诗的描绘紧密地结合在一起，体现出理论和作品的互渗、交叉、圆融，在理论阐释中显隐着诗的描绘，在诗的描绘中凸显理论的光芒，从而表征为抽象与具象的统一，概括性与形象性的统一，诗学与诗美的统一。所以,读了《学诗札记》以后,既使人感到含有诗学的哲学深度,又使人体悟到诗美的文学魅力。为什么会出现如此审美效应呢?这是由于何教授善于继承、发扬中国诗学优秀传统的缘故。

中国诗学是对中国传统诗词特色的理论概括,富于难以言传的悟性,染有了悟、顿悟、领悟、心悟、禅悟、体悟、妙悟、神悟的审美色彩,含蕴感性体验的特质,洋溢着浓郁的民族文化精神,这是中国特有的诗学传统。钟嵘的《诗品》、司空图的《二十四诗品》、严羽的《沧浪诗话》,就是体现民族优秀诗学传统的典范。《学诗札记》就继承并发扬了这种传统。集中表现为:对于诗的剖析,特别讲究悟性。如对于严羽所强调的"吟咏性情""惟在兴趣""言有尽而意无穷"说,体验至深,感情至切,并用"妙悟"为媒质架起学禅与学诗之间的桥梁,从学禅中领会学诗的真谛,从而在哲学思想层面深化了诗学研究;在艺术层面上,则从妙悟出发,抓住"兴趣"这个核心,进行剖析。对此,何教授谈了七个方面:"以捕景新奇见趣"、"以白描逼真见趣"、"以奇思妙想见趣"、"以善用戏笔见趣”、“以形象描写中暗藏哲理见趣”、“以讽刺入骨见趣”、“以遣词造句奇特见趣”。这就从诗学原理上细化深化了“兴趣”说，并拓展了严羽的诗学见解。

所谓“兴趣”，也就是兴味、兴致、趣味、情趣。这和刘勰《文心雕龙·声律》所说的“滋味”、钟嵘《诗品序》所说的“有滋味”、司空图《与李生论诗书》所说的“辨于味”“味外之旨”说，是血脉相通的。这种味，深藏在诗的意境中。王昌龄在《诗格》中提出了物境、情境、意境论，为中国诗论树立了一块熠熠闪光的里程碑。何教授所说的“入境为上”就是强调诗以意境为至美的。“好诗意境深邃，往往多角度、多层次，纵深开掘，令人味之不尽”。这是对意境空间美的概括。对此，作者引用了许多唐诗，进行了生动形象的剖析。

兴趣、滋味的高度浓缩、提炼、升华，集中地显现为风格。风格凸显着诗人作品风采、情调、韵味的圆融状态，是作家个性的表现，是作品成熟的标志。《学诗札记》中，拈出了壮、健、清、新、秀、逸、奇、丽、瘦、深，曲、严、沈雄、豪宕、典重、俊爽、明净等诸多风格，不仅丰富了风格论的宝库，而且为学人获取风格指明了途径。

此外，作者还列出了许多对举的范畴，如雅与俗、虚与实、藏与露、似与不似等等，凸显出中国古典诗学的辩证法、变易性、流动美、和谐美，为学人提供了鲜活的范例。

从以上简略的勾勒中，可以窥见，《学诗札记》虽系信手拈来，涉笔成趣，不拘一格，内容繁富，但却紧紧围绕着诗的悟性、兴趣、滋味、风格这个中心链条而生发、展开、运作的，因而体现出多样统一的特点。

《学诗札记》底蕴丰厚、含义深邃，笔者所言，限于一隅，仅作引玉之砖而已。

王明居

2007 年 4 月 24 日于合肥

一、文与诗之区别

清吴乔《围炉诗话》卷一云："文与诗意同，而所以用之者不同……文之词达，诗之词婉。书以道政事，故宜词达；诗以道性情，故宜词婉。"吴氏还设喻说明："意，喻之米，饭与酒所同出；文，喻之炊而为饭，诗，喻之酿而为酒。文之措辞，必副乎意，犹饭之不变米形，噉之则饱也；诗之措辞不必副乎意，犹酒之变尽米形，饮之则醉也。文为人事之实用，诏敕、书疏、案牍、记载、辨解，皆实用也，实则安可措辞不达？如饭之实用以善生尽年，不可矫揉而为糟也。诗为人事之虚用，永言、播乐，皆虚用也。"

善按：吴氏以饭与酒为喻，指出文与诗同源而异用，文实诗虚，文直陈而诗婉述，文达意而诗动情。可举下例为证：唐代边战给人民带来极大痛苦，许多征夫战死沙场，妻子犹日夜盼归。李华《吊古战场文》和陈陶《陇西行》诗都描写了这一悲惨生活。写到妻子盼夫，文云："其存其没，家莫闻知。人或有言，将信将疑。悁悁心目，寝寐见之。"诗则云："可怜无定河边骨，犹是春闺梦里人。"

又杜甫名句"朱门酒肉臭，路有冻死骨"，千古流传。此语乃源于古文：《孟子》："狗彘食人食而不知检，途有饿莩而不知发。"又《史记·平原君列传》："君之后宫婢妾，被绮縠，余粱肉，而民衣褐不完，糟糠不厌。"又《淮南子》："贫民糟糠不接于口，而虎狼餍刍豢；百姓短褐不完，而宫室衣锦绣。"杜句盖从上述诸文中提炼概括而出，其内容虽皆古人久已说过，而一入诗人手，便化粗为精，化繁为简，惊心动魄，似从古未经人道者。古人谓文犹饭，诗犹酒，虽皆粮食做成，而酒经酿制，不见粮食痕迹。此又寻得一典型例证。

二、善作与善读

清叶矫然《龙性堂诗话》论述何谓善作、何谓善读，颇有见地：

“诗有为而作，自有所指，然不可拘于所指，要使人临文而思，掩卷而叹，恍若相遇于语言文字之外——是为善作。”

“读诗自然寻作者所指，然不必拘某句是指某事、某句是指某物，当于断续迷离之处，而得其精神要妙——是为善读。”

三、炼句炼字

清贺贻孙《诗筏》：“炼句炼字，诗家小乘，然出自名手，皆臻化境。盖名手炼句如掷杖化龙，蜿蜒腾跃，一句之灵，能使全篇皆活。炼字如壁龙点睛，鳞甲飞动，一字之警，能使全句皆奇。若炼一句只是一句，炼一字只是一字，非诗人也。”

善按：所言甚是。炼句往往炼在结尾一句。古代很多名诗，前数句平平，结尾一句翼然振起，满盘皆活。如唐王驾《雨晴》：“雨前初见花间蕊，雨后全无叶底花。蜂蝶纷纷过墙去，却疑春色在邻家。”前二句雨前雨后对比，花被春雨耽搁，令人感喟，句意平常，一般人都能写出来。第三句写蜂蝶飞过墙，为尾句造势；尾句想象奇特，落笔出人意料，把

“春色”写活了，似乎阳春真的有脚，她不住自家小园，偏偏跑到邻家，她是多么调皮，多么会捉弄人啊！尾句可谓“神来之笔”，造语奇峰突起，令人顿时耳目一新，这一句乃是全篇精髓，起了点铁成金的作用，经它点化，小园、蜂蝶、春色，一齐焕发出异样神采，妙趣横生。真个是“一句之灵，能使全篇皆活”者也。

今人贺苏教授所写《香港回归口号》：“七月珠还日，百年耻雪时。老夫今有幸，不写《示儿》诗。”前三句平平，妙在最后“不写《示儿》诗”五字。诗人当是由香港从殖民统治回归祖国，联想到南宋中原沦陷，爱国诗人陆游临终《示儿》：“王师北定中原日，家祭毋忘告乃翁。”相比之下，与陆游年齿相同的贺教授，深感自己比陆游幸运，能亲眼目睹香港回归，百年国耻一朝洗雪；而陆游一生志在恢复，未能如愿，为“不见九州同”而抱憾终身。古今对比，今胜于昔。“不写《示儿》诗”堪称炼意杰构，学古精品。此五字假若改为“喜赋迎归诗”，全诗就平淡无奇了。

炼字之例更多，多炼动词或形容词。前者如“僧敲月下门”“敲”原作“推”；后者如“前村深雪里，昨夜一枝（指梅）开”，“一枝”原作“数枝”，等等。他若老杜“飞星过水白，落月动沙虚”炼第三字；“地坼江帆隐，天清木叶闻”炼第五字；王维“行踏空庭落叶声”，炼第七字。

四、诗到真时见性情

此语出自女作家、诗人苏雪林之口。苏氏安徽太平人，年高百岁，终于台湾。一生著作如林，诗乃余事，但下笔见真情，首首皆为“见性情”之作。苏氏才女，十二岁即写出《种花》绝句：“满地残红绿满枝，宵来风雨太凄其。荷锄且种海棠去，蝴蝶随人过小池。”结尾天真有趣，可谓神来之笔。

早年类似的作品很多，《山居》：“闲来把酒细论文，带露栽花旦暮勤。几树寒梅千亩竹，两间茅屋一溪云。”《湖游》：“山色波光绿映衣，藕花丛里放船归。鸳鸯叶底忘机甚，频旁游人画桨飞。”《雨霁见溪中水涨》：“山色空蒙人望迷，晓烟几处柳笼堤。如何半夜潇潇雨，陡把春波涨一犁。”《太平道中》：“满眼风光俱画材，疏林遥傍小溪隈。山田成级层层上，峦翠迎人面面来。”

上引诸诗，皆情景毕肖，清新宜人。苏氏崇拜袁枚，有《读小仓山房诗集有慕》云：“由来诗品贵清真，淡写轻描自入神。此意是谁能解得？香山而后有斯人。”她写诗，下笔皆“淡写轻描”，全力在“清真”二字上下功夫。大块中景物多多，诗人会心之际，偶尔触目成吟，自有灵机异趣。

苏氏高年保持童心，笔头常溅露珠。其《读书》、《晚凉口占》、《山居杂兴》诸诗，让人读之心怡神爽，口舌生香。录之如下：

《读书》：“一篇相对百无思，此味醇醇有孰知。我自赏心非好学，听凭人去唤书痴。”“不求甚解只相娱，过眼云烟顷刻无。窗净几明三百日，为书抛尽好工夫。”

《晚凉口占》：“两三茅舍映清流，吞吐烟霞境自幽。花谢成烟如旧梦，山深当暑似初秋。几行新柳笼沙渚，一片松涛入小楼。日暮荆扉闲眺望，蝉声夹岸不胜愁。”

《山居杂兴》（此诗甲寅春九十八岁时作）：“几丛寒竹绕

庐生，自觉潇潇木石清。隔水荷香风十里，满楼花影月三更。地当僻处稀冠盖，诗到真时见性情，一片天机忘物我，入山猿鹤总相迎。”“回头往事似烟飞，一枕南窗午梦微。四面山回依郭去，半溪花落送春归。奇书有价都罗屋，野雀无机常入扉。更喜晚来明月好，最先清影到书帏。”

苏氏诗集名《灯前诗草》。

五、云乎？人乎？

苏东坡有《望云楼》诗云：“阴晴朝暮几回新，已向虚空付此身。出本无心归亦好，白云还似望云人。”

善按：古人尝感叹人生如寄，世事虚幻。东坡一生升沉无定，在险恶的政治斗争中频遭不幸。他看破红尘，顺境不喜，逆境忘忧，游戏人生。本诗中白云的出处神情，正是诗人自身处理仕与隐态度的生动写照，结尾用“白云还似望云人”点醒，使物与人浑然一体。

六、灵襟慧口

明陆时雍《诗镜总论》：“诗有灵襟，斯无俗气矣；有慧口，斯无俗韵矣……‘戴月荷锄归’，事亦寻常，而渊明道之极美。以是知雅俗所由来矣。夫虚而无物者，易俗也；芜而不理者，易俗也；卑而不扬者，易俗也；质而无色者，易俗也；放而不制者，易俗也；局而不舒者，易俗也；奇而不清者，易俗也；文而过饰者，易俗也；刻而过情者，易俗也；雄而尚气者，易俗也；新而自师者，易俗也；故而不变者，易俗也；典而好用者，易俗也；巧而过斵者，易俗也：多而见长者，易俗也；率而好尽者，易俗也；修而畏人者，易俗也；媚而逢世者，易俗也。大抵率真以布之，称情以出之，审意以道之，和气以行之，合则以轨之，去迹以神之，则无数者之病矣。”

善按：陆举俗病多种，确宜深戒。作诗需有灵襟，再出慧口，方成佳作。

七、李白与月

清宋征璧《抱真堂诗话》：“杜诗咏马，李诗咏月，各尽其变。”余谓李白不唯咏月诗多，即其传世的书法三帖，亦皆以咏月为内容。其一：“乘兴踏月，而入酒家，不觉人物两忘，身在世外。”其二：“夜来月下卧醒，花影零乱，满人衣袖，疑为濯魄冰壶也。”其三：“楼虚月白，秋宇物化，于斯凭栏，身世飞动，把酒自忘，此兴何极！”此三贴皆有取于月，故其至清虚恍惚，如蜃楼幻影。诗人洒脱不羁之性格，移尘世而独立天外之神情，显现于毫墨间。

八、咏炭诗

前人喜作咏炭诗。杨诚斋有：“乌银玉质金石声，见火忽作爆竹鸣。不知何喜唧唧吟，不知何怒泄不平。到渠怒定两耳热，铜瓶在旁却饶舌。”尾句写炭火将铜壶水烧沸，壶中水嗤嗤作响。《归田诗话》载郭矮梅诗：“樵青黎面学昆仑，斫月烧云树欲髠。万灶黑烟灰出劫，一星红焰火还魂。污身若有仙翁幻，报国今无义士吞。曾似茅斋风雪夜，地炉榾拙暖温温。"前者写用炭煮水过程，后者写伐树烧炭过程，均无深意。皆不若吾友刘君振亚《木炭》诗，诗曰："未及成材便着刀，久经窑火一身焦。冰天茅屋诗人冷，我送余温上紫毫。"拟人化的描写逼真，有寄托，有个性，忘我精神凝于笔端。其景其情，差胜古人。刘君咏物佳作甚多，如《风筝》："扶摇直欲上苍穹，难脱他人掌握中。安得扬尘超五岳，乘风化作九霄鹏！"又如《仙人掌》："不畏骄阳耐久干，为人治病供人观。问渠何必周身刺？无刺椒兰身可安？"这些诗皆借物以咏人，物态逼真，人情显露，于幽默婉曲中显理趣，发人深省。

九、似琐屑实真率

古乐府《鱼戏》："鱼戏莲叶东，鱼戏莲叶西，鱼戏莲叶南，鱼戏莲叶北。"——写游鱼嬉戏，身姿活泼，忽而戏于莲叶东，倏忽又游到莲叶西，忽而南，忽而北。这里不仅真实地描写出鱼戏场面，也勾勒出观鱼戏者惊喜之态。

晋民歌《懊侬》："江陵去扬州，三千三百里；已行一千三，尚有二千里。"——写乘船沿江而下寻所怀之人。通过行里的计算，格外衬托出乘舟者渴望早点到达，扳着指头计算，心急如焚的状态。

杜甫《杜鹃》："西川有杜鹃，东川无杜鹃。涪万无杜鹃，云安有杜鹃。"——川地多杜鹃鸟。杜鹃的啼叫，能触动旅人归思。杜甫逃难蜀地，急思乱平返乡，故对杜鹃特别敏感。

苏轼《静坐》："无事此静坐，一日似两日；若活七十年，便是一百四。”此诗写于苏轼遭贬赋闲之日，英雄无用武之地，他度日如年，闲得发慌。前两句焦急难耐，后二句无聊至极，自我解嘲。

袁宏道《西湖》：“一日湖上行，一日湖上坐；一日湖上住，一日湖上卧。”——一再重复湖上，让人感到西湖美不胜收，可以从多方面、多角度去欣赏。

十、全用曲笔

杜甫名诗《月夜》，作于天宝十五载(756)，六月因避安史之乱，杜甫携妻儿逃难鄜州(今陕西富县)。七月肃宗即位灵武(今属宁夏)，杜便将妻儿寄住鄜州，独身北上投肃宗，不料被叛军捉住，送到沦陷后的长安。杜望月思家，写了这首五律。诗中全用曲笔：“今夜鄜州月，闺中只独看”——乃身在长安望月，却联想到其妻在鄜州看月。“遥怜小儿女，未解忆长安”——用旁侧之笔，小儿女不解忆，则解忆者只有其妻。“香雾云鬟湿，清辉玉臂寒”——又从对面写，由长安遥想其妻在鄜州望月思夫光景。“何时倚虚幌，双照泪痕干”——从今日联想他日，从离别之苦联想到重聚之乐。全诗可谓无笔不曲。

十一、写景逼肖

写景须曲肖此景，绘出此景的独特神韵。如：

“渡头余落日，墟里上孤烟。”——晚村光景；

“两边山木合，终日子规啼。”——深山光景；

“黄云断春色，画角起边愁。”——穷边光景；
“山光悦鸟性，潭影空人心。”——深山古寺光景；
“野径云俱黑，江船火独明。”——暮江夜雨光景：
“柳塘春水漫，花坞夕阳迟。”——村居别墅光景。

十二、物同情异

咏物诗须有寄托，同咏一物，诗人寄托不同，则情境殊异。如同是《咏蝉》，虞世南“居高声自远，端不藉秋风”，是清华人语；骆宾王“雾重飞难进，风多响易沉”，是患难人语；李商隐“本以高难饱，徒劳恨费声”，是牢骚人语。同写日月云雨星自然景物，“星临万户动，月傍九霄多”，是华贵语；“星垂平野阔，月涌大江流”，是雄壮语；“行到水穷处，坐看云起时”，是自然语：“微云淡河汉，疏雨滴梧桐”，是清淡语；“怪禽啼旷野，落日恐行人”，是奇警语。

十三、触目会心有异趣

清关雪发云：“大块中景物何限，会心之际，偶尔触目成吟，自有灵机异趣。”旨哉斯言！试举名句证之：“短垣延月早，病叶得秋先。”“蝶来风有致，人去月无聊。”“落叶疑疏雨，秋云学远山。”“木落山无障，江流月有声。”“水清鱼入定，山古树无衣。”“门临流水岸，犬吠隔花人。”“白头增旧感，黄叶落新愁。”“帆随春树远，水带夕阳流。”“旧塔未倾流水抱，孤峰欲倒乱云扶。”“春田牛背鸠争落，野店墙头花乱开。”“草不世情随意绿，花知客意入帘红。”“得句偶从花照眼，举杯喜见月当头。”“两岸白蘋秋水渡，一林红叶夕阳村。”“山连齐鲁青难了，树入淮徐绿渐多。”“秋水怀人枫叶落，蓬窗卧病雨声多”如此等等，皆触目会心之句，有灵机异趣。

十四、六朝诗四病

清黄子云《野鸿诗的》：“六朝中有不可学者四：不细意贴题而模棱成章者，一也；行文涣溢而漫无结束者，二也；不本性灵，专以典故填砌，而辞旨不能融畅者，三也；对偶如夹道排衙，无本末轻重之别，可存可削者，四也。”

善按：黄氏指出六朝诗通病，的确一针见血。试举梁王僧儒《咏捣衣》诗为例，诗云：“足伤金管遽，多怆缇光促。露团池上紫，风飘庭里绿。下机鹜西眺，鸣砧遽东旭。芳汗似半汤，雕金辟龙烛。散度《广陵》音，掺写《渔阳》曲。《别鹤》悲不已，《离鸾》断还续。尺素在鱼肠，寸心凭雁足。”此诗写思妇池畔捣衣思夫，内客繁杂堆砌，正如黄氏所批评，炼意不精，题旨不明；行文涣散，结构不严密；堆砌典故，排比机械。凡此数端，皆诗文之大忌。

十五、入境为上

清黄子云《野鸿诗的》：“学古人诗，不在乎字句，而在乎臭味。字句，魄也，可记诵而得；臭味，魂也，不可以言宣，当于吟咏时，先揣知作者当日所处境遇，然后以我之心，求无象于窅冥惚恍之间，或得或丧，若存若亡，始也茫焉无所遇，终焉元珠垂曜，灼然毕现于我目中矣，现而获之，后虽纵笔挥洒，却语语有古人面目。”

善按：学诗如演员排戏，必须对所担任的角色有深刻的体验和认识，才能“进入角色”，演得栩栩如生。读诗也必须深入了解作者此诗的处境及构思特点，才能对诗中描写的情韵，“灼然毕现于我目中”。宋周紫芝《竹坡诗话》提供了生动的例证：“余顷年游蒋山，夜上宝公塔，时天已昏黑，而月犹未出，前临大江，下视佛屋峥嵘，时闻风铃铿然有声，忽记杜少陵诗：‘夜深殿突兀，风动金琅当。’恍然如己语也。又尝独行山谷间，古木夹道交阴，惟闻子规相应木间，乃知‘两边山木合，终日子规啼’之为佳句也。又暑中濒溪，与客纳凉，时夕阳在山，蝉声满树，观二人洗马于溪中，曰，此少陵所谓‘晚凉看洗马，森木乱鸣蝉’者也。此诗平日读之，不见其工，惟当所见处，乃始知其为妙。”

十六、陶诗琢句

人知陶诗古淡、自然，其实陶诗琢句处不少，如：“微雨洗高林，清飙矫云翻”；“神渊写时雨，晨色奏景风”；“青松夹路生，白云宿檐端”等。其中“洗”、“矫”、“写”、“奏”、“宿”等动词，皆为句眼，苟非再三琢磨，恐难臻此。诗以自然为工，但亦须字斟句琢，方可完美。

十七、以景境烘情境

诗人不用直说是何种情绪，只将实际感受最深的景物写出来，读者自可领会其意。温庭筠《商山早行》："鸡声茅店月，人迹板桥霜。"写冬日天涯游子的行旅辛劳：在鸡叫声中，住在偏僻茅店的旅人就起身了，这时天上还挂着月亮，天还没有亮，人就赶路了，足迹印在板桥的严霜上，留下了零乱的印痕。旅人生活该有多么辛苦啊！元人马致远《天净沙》："枯藤老树昏鸦，小桥流水人家，古道西风瘦马，夕阳西下，断肠人在天涯。"亦是以典型景境烘托天涯奔走的"断肠人"（落拓的游子）困顿孤寂的心情。首句正衬；次句以温馨宁静之景，反面烘托游子的凄哀；第三、四句又正衬；尾句以"断肠"和"天涯"点明本旨，画龙点睛。

十八、眼高手低

米南宫《论书》有句云："有口能谈手不随。"盖谓议论别人书法高低，说得头头是道，但自己未必书法高妙。清薛雪作《一瓢诗话》，论诗三百二十则，时出精粹，对古今诗人的评论，多中的。正如吴江沈楙德所赞："是编自抒心得，痛针俗病，凡所指斥，皆能洞中窾窍。"但他认为自己的诗难达所言境地。其最后一则云："今日与诸君论诗，亦是'有口能谈手不随'，若以余为能如其言，正未必然。"

十九、"锁二乔"之妙

清薛雪《一瓢诗话》："樊川'东风不与周郎便，铜雀春深锁二乔'，妙绝千古。言公瑾军功止借东风之力，苟非乘风力之便，以破曹兵，则二乔亦将被掳，贮之铜雀台上。'春深'二字，下得无赖，正是诗人调笑妙语。许彦周谓：'孙氏霸业，社稷存亡、生灵涂炭都不问，只恐捉了二乔，可见措大不识好恶。'此老专一说梦，不禁齿冷。"

善按：文学的特点乃是以个别来反映一般，所谓"言近指远"，即讲的是切近的事，反映出的却是深远的意义。杜牧咏《赤壁》，赤壁之战的主将是周瑜，联系周瑜来说，倘赤壁之战败于曹操，二乔（指吴主孙策妻大乔，周瑜妻小乔，当时以双美著称）被掳进曹操早已预筑的铜雀台，正说明周瑜国破家亡。杜牧诗中将二乔命运与国家命运联到一起，这正是诗人的高招。许彦周在《彦周诗话》中，用史论的眼光评文学，责怪杜牧没有对赤壁之战作全面论述，只说二乔。许氏错会诗意，故薛雪笑他"专一说梦"。

二〇、应酬诗

清叶燮《原诗》卷四："应酬诗有时亦不得不作，虽是客料生活，然须见是我去应酬他……如此便于客中见主，不失自家体段，自然有性有情……若因噎而废食，尽去应酬诗而不作，而卒不可去也。须知题是应酬，诗自我作，思过半矣。"

善按：应酬诗若一味敷衍，为应酬而作诗，则不会有佳作。必须写出真感情、真体会，写出"自家体段"，方是佳诗。

二一、游览诗

清叶燮《原诗》卷四："游览诗切不可作应酬山水语。如一幅画图，名手各各自有笔法，不可错杂。又名山五岳，亦各各自有其性情气象，不可移换。作诗者以此二种心法默契神会；又须步步不可忘我是游山人，然后山水之性情气象，种种状貌变态影响，皆从我目所见、耳所闻、足所履而出，是之谓游览。且天地之生是山水也，其幽远奇险，天地亦不能一一自剖其妙，自有此人之耳目手足一历之，而山水之妙始泄。如此方无愧于游览，方无愧于游览之诗。”

善按：此论甚有见地。要而言之，写游览诗，必须写出所游山水的个性与特色；且不能只一味客观地模山范水，必将客观的景物与主观的感受结合写，做到情与景会，情景交融，方是佳作。

二二、“晨钟云外湿”的“湿”

清叶燮《原诗·内篇》解释杜甫《夔州雨湿不得上岸》诗中“晨钟云外湿”一句，颇有心得：“以晨钟为物而湿乎？云外之物，何啻以万万计，且钟必于寺观，即寺观中，钟之外，物亦无算，何独湿钟乎？然为此语者，因闻钟声有触而云然也。声无形，安能湿？钟声入耳而有闻，闻在耳，止能辨其声，安能辨其湿？曰‘云外’，是又以目始见云，不见钟，故云‘云外’。然此诗为雨湿而作，有云然后有雨，钟为雨湿，则钟在云内，不应云外也。斯语也，吾不知其为耳闻耶？为目见耶？为意揣耶？俗儒于此，必曰‘晨钟云外度’，又必曰‘晨钟云外发’，决无下‘湿’字者，不知其于隔云见钟，声中闻湿，妙悟天开，从至理实事中领悟，乃得此境界也。”

善按：此乃五官通感作用。眼见雨湿云翻，耳闻远处高空隐隐传来寺庙钟声，心中仿佛感受到那云外声音也是湿漉漉的。

二三、学究解诗

清王夫之《姜斋诗话》，批评有的人解诗不当："不以诗解诗，而以学究之陋解诗，令古人雅度微言，不相比附。陋子学诗，其弊必至于此。"（见卷上）余归纳学究解诗，有如下表现：

一、求出处。以诗中所言为根据，考证事理。如王夫之所揭示："杜诗'我欲相就沽斗酒，恰有三百青铜钱'，遂据以为唐时酒价。崔国辅诗：'与沽一斗酒，恰用十千钱。'就杜陵沽处贩酒向崔国辅卖，岂不三十倍获息钱耶，求出处者，其可笑类如此。"

二、妄责失实。诗常一以概十，或用夸张等法，以达到典型化，使情景突出。学究往往片面坐实。清王士禛《渔洋诗话》曾记如下数例：苏轼名句"春江水暖鸭先知"，毛奇龄（大可）驳曰："鹅也先知，怎只说鸭？"又，王士禛曾写《题涪州石鱼》云："涪陵水落见双鱼，北望乡园万里余；三十六鳞空自好，乘潮不寄一封书。"孙宝侗（仲孺）驳之曰："既是双鱼，合道七十二鳞。"

三、乱猜度。评者想入非非，猜度诗中形象的含义。如杜句"沙上凫雏傍母眠"，黄鲁直谓"嘲诮杨贵妃、安禄山"（见《姜斋诗话》）。杜牧《宣州开元寺》首句"松寺曾与一鹤栖"，《三体唐诗》注谓"疑其与妇人同宿"，更是穿凿附会。

二四、诗画结合

杜甫《野望》:“纳纳乾坤大,行行郡国遥。云山兼五岭,风壤带三苗。”黄生评云:“如画家写景,五岭,深远,故曰‘兼’;三苗,平远,故用‘带’。‘兼’、‘带’本常用字,而用法与人不同,便觉有奇理奇趣。此属意匠经营之巧。”

善按:上二句“纳纳”与“行行”两个形容词也曲尽其意。以“纳纳”形容“乾坤”如袋,无限之大,可以收容一切;以“行行”形容遥远,道路漫长难至尽头。

二五、传神的“望”

温庭筠《望江南》:“梳洗罢,独倚望江楼。过尽千帆皆不是,斜晖脉脉水悠悠。肠断白蘋洲。”此词写思妇登楼远望情人归舟。词中最生动的一句是“过尽千帆皆不是”。“过尽千帆”可见江上船只之多,更可见思妇凝望时间之长,心思的专一和焦急,结果却“皆不是”。这一陡转,曲尽思妇失望、怨恼及担心等等复杂感情。无独有偶,陕北民歌写盼情郎有云:“三天不见哥哥面,大路上人马都望遍。”前者望江上船,后者望路上人;一个“过尽千帆”,一个“都望遍”。望,这一特定动作,包含着无限深情,也形象突出,假如改用抽象词语,前者改谓“久等郎来终未见”,后者改为“妹妹心里想得慌”,就索然无味了。

二六、情到极处反无言

清沈德潜《说诗晬语》："情到极深，每说不出。"

诗家表现"极情"，多用两种方式：

或借景物传情。杜牧《赠别》："多情却是总无情，惟觉灯前笑不成。蜡烛有心还惜别，替人垂泪到天明。"诗人与一位红颜知己告别，不仅没有惜别的直接告白，而且相对无言，好似无情。后二句移情于烛，将烛拟人化。烛有芯，别筵上点燃的烛，遇风滴下烛泪。诗人带着感伤的心情看烛，那有心的烛，那流之不息的烛泪，仿佛真的是在为人离别而伤心了。烛犹"替人垂泪"，人的心情自然更是苦不堪言。"到天明"，又暗示告别时间之长，难舍难分。这一巧喻，将缠绵悱恻的别情，烘托得有声有色。

或凭眼传情。白居易《南浦别》："南浦凄凄别，西风袅袅秋。一看肠一断，好去莫回头。"写送别。最后分手，是送别的高潮。诗人捕捉住这关键时刻一个最突出的镜头：分手后，离人虽已登舟而去，却又频频回过头来，默默而看。"看"，本是很平常的动作，但此时此地，这一"看"却显得多么不寻常：离人心中用言语难以表达的千种离愁，万般情思，都从这默默"一看"中表露出来，真是"此时无声胜有声"啊！从这个"看"字，我们仿佛看到那离人踽踽的身影、愁苦的面容和睫毛间闪动的泪花。离人"看"送行者，送行者自然也在注视离人。"一看肠一断"，连用两个"一"，把去留双方在互"看"中所表现的离愁别绪和真挚友情，淋漓尽致地写出来了。

二七、说诗趣

前人论诗，很注重诗趣。

“盛唐诗人惟在兴趣，羚羊挂角，无迹可求。故其妙处莹彻玲珑，不可凑泊，如空中之音、相中之色、水中之月、镜中之象、言有尽而意无穷”。（严羽《沧浪诗话·诗辨》）

“天下文章当以趣为第一”。（明李贽《李卓吾先生批评忠义水浒传》53 回批）

“世人所难者惟趣。趣如山上之色、水中之味、花中之光、女中之态，虽善说者不能下一语，惟会心者知之……夫趣得之自然者深，得之学问者浅”。（袁宏道《序陈正甫〈会心集〉》）

“诗以兴趣为主，兴到故能豪，趣到故能宕……每爱唐僧怀素草书，兴趣豪宕，有椎碎黄鹤楼、踢倒鹦鹉洲之概。使僧诗皆如怀素草书，斯可游戏三昧，与李、杜、王、孟之席，惜吾未见其人也”。（贺贻孙《诗筏》）

“机趣二字，填词家必不可少。机者，传奇之精神；趣者，传奇之风致。少此二物，则如泥人、土马，有生形而无生气”。（李渔《闲情偶记·重机趣》）

善按：诗重“趣”字。但何谓“诗趣”？前人论述，讳莫如深，谓“虽善说者不能下一语”，似乎只可意会，不可言传。余深思比较之，以为诗趣是指诗中新鲜别致的描写，给予读者以特殊的美感和无尽的遐想，如食别致佳肴，滋味无穷。具体说，诗趣表现于如下诸方面：

1. 以捕景新奇见趣。诗人眼明手疾，善于从平常生活中拍摄下新鲜有趣的细节，在一瞬间留下永恒。如杨万里《小池》："小荷才露尖尖角，便有蜻蜓立上头。"又《闲居初夏午起》："日长睡起无情思，闲看儿童捉柳花。"蜻蜓立于小荷尖上，儿童捉柳花，平中见奇，常中见新，一入小诗，便成定格。清徐增云："好诗须在一刹那上揽取，迟则失之。"(《而庵诗话》)此乃知诗之语。

2. 以白描逼真见趣。王昌龄《采莲曲》："荷叶罗裙一色裁，芙蓉向脸两边开。乱入池中看不见，闻歌始觉有人来。"逼真地描绘出采莲少女们美丽、天真和活泼，充满青春活力，以及莲塘人花莫辨、变幻莫测的境界，生动的意趣令人仿佛进入童话境界，久久难忘。东坡赞陶渊明诗"初看若散缓，熟读有奇趣"，正由于他善于白描见真。若"暧暧远人村，依依墟里烟。犬吠深巷中，鸡鸣桑树颠"；若"日暮巾柴车，路暗光已夕。归人望烟火，稚子候檐隙"；若"采菊东篱下，悠然见南山"。正如《诗人玉屑》所评："此大匠运斤，无斧凿痕。"(见卷十)《诗镜总论》亦云："善道景者，绝去形容，略加点缀，即真相显然，生韵亦流动矣。"(《历代诗话续编》1416 页)

3. 以奇思妙想见趣。东坡云："诗以奇趣为宗，反常合道为趣。"所谓"反常合道"，是指诗人的奇思妙想，出乎常人所料，又非常合乎情理。如李白《金陵城西楼月下吟》："金陵夜寂凉风发，独上高楼望吴越。白云映水摇空城，白露垂珠滴秋月……"白云、白露二句似乎荒唐，城是不会摇的，但"凉风发"，水摇，影摇，给你的幻觉城也摇晃起来。月亮是不会滴露珠的，但"独上高楼"，凝神仰望遥空，秋月皎洁如洗，恍惚间好像夜露是从月亮上滴下的，"滴"与"摇"，使整个静止的画面飞动起来，使本属平常的云、水、风、露、月诸多景物，皆情态逼露，异趣横生，令人浮想联翩，为之神往。晏殊《踏莎行》写暮春送别的情思，有云：“春风不解禁杨花，蒙蒙乱扑行人面。”怨责春风“不懂事”，看似无理，却烘托出惜春惜别的深情。正如唐圭璋所评：“春风句，似怨似嘲，将物做人看，最空灵有味。”(《唐宋词简释》)宋危稹《送刘帅归蜀》：“万水朝东弱水西，先生归去老峨眉。人间那得楼千尺，望得峨眉山见时。”用笔奇特，尤其是后二句，由“先生归去老峨眉”出发，写别后何以慰相思。万水千山遮望眼，怎能望到友人所在的峨眉山呢？诗人也许急中生“智”，也许是受王粲《登楼赋》的启发，想到怎能登上千尺楼，“望得峨眉山见时”。其想法虽荒唐可笑，却真实地显示出思友情切。正如陈衍在《宋诗精华录》中评论：“用东坡‘那有千寻竹’之意，翻‘绝顶望乡园’之案，爱而不见，此诗出自真情，而错怨江南北山多者，亦‘望夫化石’之痴想也。”这就是“乍看无端，寻思有渭，就不阡不陌中，而条理指归一一可按者。”(卢世榷《紫房余记》)

4. 以善用戏笔见趣。杜甫《绝句漫兴九首》之二：“手种桃李非无主，野老墙低还似家。恰似春风相欺得，夜来吹折数枝花。”写春风吹折园花。诗中说，桃李有主，是我亲手所栽，而且置于小院院墙下，春风夜间竟将其折断。春风啊春风，你上门捣乱，真是欺人太甚！“恰似春风相欺得”与《茅屋为秋风所破歌》中的“南村群童欺我老无力”同一腔调，均含有自叹年老力弱之愁。金圣叹批：“夫势豪侵夺，世所常见；春风作横，古所未闻。滑稽极也！”见(《杜诗解》卷二)。王驾《雨晴》写雨晴后小园花残所见联想：“蜂蝶纷纷过墙去，却疑春色在邻家。”这两句，不仅把蜜蜂、蝴蝶追逐春色的神态写得活灵活现，更把“春色”写活了，似乎“阳春”真的“有脚”，她不住自家小园，偏偏跑到邻家，她是多么调皮、多么会捉弄人啊！“却疑春色在邻家”，想得天真奇妙，可谓“神来之笔”。经它点化，小园、蜂蝶、春色，一齐焕发出异样神采，妙趣横生，令人顿时耳目一新，为之发笑。

5. 以形象描写中暗藏哲理见趣。朱熹《观书有感二首》：“半亩方塘一鉴开，天光云影共徘徊。问渠那得清如许？为有源头活水来。”“昨夜江边春水生，艨艟巨舰一毛轻。向来枉费推移力，此日中流自在行。”题目是“观书”，但写的却是池水和巨舰乘水轻驶。人脑不正像池塘吗，只有不断读书学习，扩大知识源头，吸收新的知识，才能如“一鉴开”，永葆清新。“为有源头活水来”，这就是诗人观书有感之感，也是闪耀着思想光辉的哲理。次首写读书的两种境界：开始很费力，像搁浅的巨舰，推移不动；后来书读多了，知识积累深了，工夫到了，读起来就像深水中的巨舰如“一毛轻”，可以在中流驾轻就熟“自在行”。由“向来”与“此日”光景的对比，揭示出熟能生巧的生动哲理。有的诗，只在部分描写的景物中，含有理趣，如杜甫的“江山如有诗，花柳自无私”（《秋野》）、“水深鱼极乐，林茂鸟知归”（《江亭》）；刘禹锡的“沉舟侧畔千帆发，病树前头万木春”；陆游的“山重水复疑无路，柳暗花明又一村”；苏轼的“不识庐山真面目，只缘身在此山中”等名句，都饱含哲理之趣，耐人寻味。

6. 以讽刺入骨见趣。杨万里《观物化》：“蝴蝶新生未解飞，须拳粉湿睡花枝。后来借得风光力，不记如痴似醉时。”借蝴蝶由蛹成蝶后，得意忘形，讽刺世上某些轻薄小人，倚仗别人势力爬上高位后，“一阔脸就变”（鲁迅语），趾高气扬，忘乎所以。王安石《鱼儿》：“绕岸车鸣水欲干，鱼儿相逐尚相欢。无人携入沧江去，汝死那知世界宽。”此诗作于王安石准备推行革新变法的年代，他看出宋王朝私弊太多，八方残耗，危机四伏，濒于崩溃，就像“绕岸车鸣水欲干”；他讥嘲那些安于现状的保守派目光短浅，就像“鱼儿相逐尚相欢”，苟且偷安，死到临头不知忧。他告诫世人，要生存，只有投身于改革大潮中去，改革才是永不干涸的大江大海。诗中比喻生动有趣，寓理深刻，讽刺辛辣，促人猛醒。

7. 以遣词造句奇特见趣。杜甫《曲江对雨》：“林花着雨胭脂落，水荇牵风翠带长。”将林花、水荇拟人化，以胭脂指残花，以翠带比荇叶，写成美人。如平实写作“林间着雨残花落，水上风吹荇叶长”，意思虽未变，而读之却索然无味了。又《秋兴》之八：“红豆啄余鹦鹉粒，碧梧栖老凤凰枝。”用倒装。若改为“鹦鹉啄余香稻粒，凤凰栖老碧梧枝”，虽然稳顺，但这里本咏红豆、碧梧，却似咏凤凰、鹦鹉了，而且失去奇趣了。王之涣《出塞二首》之一：“秦时明月汉时关，万里长征人未还。”首句在“明月”和“关”前加了“秦”、“汉”二字，并且将兼指（此句实乃谓“秦汉时的明月和关”）加以分装，不仅使这句诗新鲜奇妙，而且从千年以前万里以外下笔，形成一种雄浑苍茫的独特意境，令人发思古之幽情。有的诗用双关语增趣。如刘禹锡描写男女谈情说爱的诗《竹枝词》，有“东边日出西边雨，道是无晴却有晴”妙句。以“晴”暗指“情”。有的用歇后形式追新逐奇。唐彦谦《题汉高祖庙》：“耳闻明主提三尺，眼见愚民盗一抔。”三尺指剑，一抔指一抔黄土，即坟墓。今作家何满子有《八三年元旦歇后打油》诗："少不成才老大徒，会须急起不遗余。一年忽已白驹过，莫令青年咄咄书。"首句歇"徒悲伤"，次歇"余力"，三歇"过隙"，尾歇"书空"。此诗一用歇后，妙趣横生，耐人赏鉴。

二八、为友改词

余友崔翁作《最高楼·八十抒怀》一词，将初稿送来，托余修改。

原稿云：

吾将老，八十即当头。再添二十秋。无能只得乱涂墨，今生不拟走神州。体康强，方是福，勿希谋。　　永莫学，某君能启锁；永莫学，某君常转磨。休索莫，莫休休。烟花红雨朝朝暮、春来春去终难留。寻好友，寄芳音，乐悠悠。

崔公一心向学，老而弥笃，老而益壮，不断出版学术著作。但他谦虚，不肯自述豪情。故此词内容平淡消极，用笔也甚草草。余按其实际作为，为之彻底修改。改词云：

谁云老，八十待从头。砚圃正金秋。文章好古探丘索，江山信美爱神州。纵豪情，抒望眼，更登楼。　　笑陋巷，群鸡争瘪黍；羡海上，沧波戏白鸥。休索莫，莫休休，烟花红雨朝朝暮，春去春来笔间留。寻好友，寄芳音，乐悠悠！

崔公首肯。同道诸友见之，亦觉改稿真实地勾画出崔公志在千里、老而益壮的形象。后此词发表于有关报刊。

二九、七言舒缓，五言简劲

七言五言各有其妙。余五叔（讳永新）八十高龄，手绘《雁荡观瀑》画赐余，山水玲珑，气势磅礴。嘱余题诗，余先用七律，题云：

淋漓画笔豁明眸，雁荡风光眼底收。
霞染群峰惊叠嶂，松围古寺乐清幽。
千寻剑石倚天立，万丈龙泉破壁流。
悦耳瀑鸣天上乐，果然仙境大龙湫。

题画嫌字太多，遮掩画面。于是改为五律：

妙笔豁明眸，风光眼底收。
峰岚惊叠嶂，松寺爱清幽。
剑石倚天立，龙泉破壁流。
瀑鸣天上乐，仙境大龙湫。

两诗内容相同，但用笔前者舒缓，后者简劲。从实践中深会五、七两体之妙。

三〇、乱评一例

唐元稹名诗五绝《行宫》："寥落古行宫，宫花寂寞红。白头宫女在，闲坐说玄宗。"以少胜多，通过"寂寞宫花"、"白头宫女"，暗示天宝末被潜配到上阳宫宫女，一闭四十年。而她们"闲坐"所说的玄宗，早已国乱身亡。二十个字具有深邃的意境，倾诉了宫女无穷的哀怨之情，寄托了诗人深沉的盛衰之感，诗味隽永。正如清王夫之所云："墨点四射，四

表无穷，无字处皆其意也。”(《姜斋诗话》)

近见江苏古籍出版社出版的朱则杰编写的《清诗史》第二章第三节，论及清丁澎两首抒写兴亡之感的诗，其一《听旧宫人弹筝》：“银甲斜抛雁柱飞，玉熙宫里尚依稀。不须弹到回波曲，说着先皇泪满衣。”其二《望天寿山》：“高峰突兀散流霞，天外钟声一径斜。认道前朝功德寺，老僧还看旧袈裟。”编写者谓：“这些作品都流露出对明朝怀念，或隐或显，别有风致。其现实意义，较之于中唐元稹的《行宫》诗，真不知要深刻多少倍！”上引二首，从取材、构思、用笔上看，显然未脱《行宫》旧人抚今思昔的窠臼，而弹筝、看旧袈裟，哪能与眼泪已经哭干的“白头宫女在”、“闲坐说玄宗”相比，一个“说”字，既说明她们始终不忘先皇；一个“闲”字，则证明这些不幸者长期压抑的心理变态，更突出悲剧色彩；尤其是一个“在”字，则暗示昔日的许多繁华都不在了，写得轻松，但抚今思昔，岂不凄然欲绝。元诗“意在无字处”(王国维语)，不说悲不写泪，而读者自会其情。丁诗直点“哀”、“泪”，意境浅露，文字花胡柳梢，怎能与之相比？评者认铁为金，指金为铁，真令识者捧腹。

三一、何满子一首剥皮诗

当代著名作家、学者何满子先生，1955 年被打为“胡风分子”，入狱多年。其冤其苦，惊动文坛。出狱后，何作《出狱后效杜樊川体》七绝一首。杜牧(樊川)《遣怀》：“落魄江湖载酒行，楚腰纤细掌中轻。十年一觉扬州梦，赢得青楼薄幸名。”此诗是杜牧失意，在扬州当幕僚时所作。追忆当时潦倒江湖，过着放浪形骸的美酒丽人生活。回首十年，如梦初觉。此诗字面繁华热闹，骨子里却是烦闷抑郁。“赢得”句，于调侃中含有辛酸、自嘲和悔恨的感情。何效云：“浪迹江湖惯独行，也知才短此身轻。十年一觉文坛梦，赢得胡风分子名。”步原韵，用其关键词语与句法。只更换几个字，内容情境南辕北辙，将其被错打成反革命天大之冤抒泄于纸，在自嘲中含有愤懑之情。

三二、谢榛乱改古诗

明谢榛自炫才高，动辄为古人改诗，其所改者往往又是脍炙人口之佳篇，又往往改金成铁，愈改愈糟。姑举数例：

杜牧名诗《开元寺水阁》颈联“深秋帘幕千家雨，落日楼台一笛风”，谢榛将其改为“深秋帘幕千家月，静夜楼台一笛风”。此一改极其荒唐。其一，杜诗整首感慨人世兴亡，诗中每一联均为泛指，此联乃指当深秋冷雨敲窗时，当夕阳西下晚风送来楼台上凄凉笛声时，令人倍增愁思和哀感。而谢将“雨”改为“月”、将“落日”改为“静夜”，则反而不见愁思，给人以恬适之感，既如此，则尾联“惆怅无因见范蠡，参差烟树五湖东”便为无病呻吟矣。其二，既是“千家月”，又是“静夜”，重复堆砌，其造语之拙劣，杜牧见之，当啼笑皆非。（见《四溟诗话》卷三）

杜牧《清明》“借问酒家何处有？牧童遥指杏花村”，千古名句，人物神采、生活情味跃然纸上。谢指斥其“气格不高”，改为“日斜人策马，酒肆杏花村”，自吹改句“有盛唐格调”，“不用问答，情景自见”。这纯系昏话。杜牧首句即指明“清明时节雨纷纷”，何顿生“日斜”乎？牧诗整首写清明上坟，人们“欲断魂”的悲哀，改为“人策马”，岂非公子游春乎？“借问酒家”者，不过是行人欲借酒消愁而已，改句则是指吃喝玩乐了，与原诗驴唇不对马嘴。（见上书卷一）

刘长卿《别张南史》“流水朝还暮，行人东复西”，以流水朝暮流动不息，衬托旅人东西奔波不停，情思缠绵婉曲。谢改为“旅思朝复暮，生涯东复西”，平直浅露，了无余味。（引同上）

释无可《送裴明府》“山春南去棹，楚夜北归鸿”，与友人南北分离，江山阻隔。谢易“山”为“江”、易“楚”为“吴”，与原诗所指了不相干。（同上书卷四）

郑谷《淮上别友》：“扬子江头杨柳春，杨花愁杀渡江人。数声风笛离亭晚，君向潇湘我向秦。”谢谓其结尾“如爆竹而无余音”，未能“如撞钟清音有余”，遂改为：“君向潇湘我向秦，杨花愁杀渡江人。樽前行笛离声惨，落日空江不见春。”郑诗即景而渲染离情，极自然而有风致。谢改诗首句直接入题，显得突兀；而且首句“君”、“我”对举，次句却只言“渡江人”，明显脱节。忽入“杨花”，与上句了不相干。原诗后联以风笛、暮色渲染离情，衬起末句点题，不言离情而依依惜别之情正在景中，改为“离声惨”，浅直呆滞。改诗结句“落日空江不见春”又虚而不着边际，令人摸不着头脑，不知所云。谢榛拙劣的改作，进一步衬托出郑谷原诗的用笔圆熟，情味隽永。（同上书卷一）

刘禹锡《乌衣巷》名句“旧时王谢堂前燕，飞入寻常百姓家”，用燕子换主，暗示了王谢的衰落，含蓄有味。谢榛却改作“王谢豪华春草里，堂前燕子落谁家”。浅直无味，更是弄巧成拙。(同上书卷一)正如黄生所云:“刘意本谓王侯第宅变为百姓人家,而语致深婉如此。谢改云云,全失其妙。”(《清诗话续编》240 页)

三三、直浅婉深

孟浩然《岘山送张去非游巴东》诗:“蹉跎游子意,眷恋故人情。”

杜甫《怀李白》诗:“浮云游子意,落日故人情。”

善按:杜句盖脱胎于孟句,只将“蹉跎”、“眷恋”改为“浮云”、“落日”。前者抽象直说,后者借客观形象传意,虽只四字之差,境趣迥然有别:孟直杜婉。直则浅淡无味,婉则深邃,令读者回味无穷。由“浮云”而深怜游子无所依归,飘忽不定;由“落日”更令人依依惜别,难舍难分。

三四、理趣入诗

唐唐备《失题二首》:“天若无雪霜,青松不如草。地若无山川,何人重平道?”“一日天无风,四溟波尽息。人心风不吹,波浪高百尺。”又《道旁木》:“狂风拔倒树,树倒根已露。上有数枝藤,青青犹未悟。”(以上诗见《全唐诗》775 卷 8782 页)

善按:上三诗,首章以霜雪突出青松,以山川之险突出平地之安逸,显示出矛盾的相对性。次章以自然与人心作对比,格外烘托出人心之险恶和难以掌握。末章借藤攀附枯树,犹自“青青”“未悟”,对攀附权贵的小人之讽刺入木三分，尤称佳构。

三五、梅兰芳自作戏联

看我非我，我看我，我也非我；

装谁像谁，谁装谁，谁就像谁。

此联用语幽默风趣，字里行间渗入了似与不似的艺术辩证法。戏家有谚语云："不像不成戏，真像不成艺；悟得情与理，是戏又是艺。"联语所含之理趣，殆相同也。

三六、模仿拙与巧

金昌绪名诗《闺怨》："打起黄莺儿，莫叫枝上啼；啼时惊妾梦，不得到辽西。"

清朱受新《春莺》则仿其意曰："千门春尽落红香，宛转莺声隐绿杨；任尔楼头啼晓雨，美人梦已到渔阳。"

善按：金诗以闺中人为观察点，通过其打黄莺的动作和心理描绘，曲尽闺中人思夫的深沉哀愁和微妙心理。而朱诗则观察点不统一：若是美人，则其既已入梦，何以体察到前三句情景？若是诗人，何以知道美人"梦已到辽阳"？其模仿似巧实拙也。古人亦有模仿巧妙者。唐令狐楚诗："绮席春眠觉，纱窗晓望迷。朦胧残梦里，犹自在辽西。"唐张仲素诗："袅袅城边柳，青青陌上桑。提笼忘采叶，昨夜梦渔阳。"此二诗皆模仿金诗，意相同，但或反语以见奇，或循蹊而别径，皆有创新，故亦可爱。

三七、似异实同

苏轼诗："人家生子要聪明，我被聪明误一生。但愿吾儿愚且鲁，无灾无难到公卿。"

明人有诗云："只因资禀尔聪明，却被衣冠误此生。但愿我儿伶且俐，钻天蓦地到公卿。"

两诗一盼儿孙"愚且鲁"，一盼"伶且俐"，迥然不同，但二诗皆讥讽公卿，前者对象为庸庸碌碌、随声附和的庸官；后者则讽刺钻营拍马、投机逢迎的奸官。

又唐罗邺有诗云："公道世间惟白发，贵人头上不曾饶。"此以白发象征老死。清翁志琦《白发》诗云："朝来揽明镜，白发感蹉跎。毕竟无公道，愁人鬓畔多。"此以白发指愁。二诗所指虽不同，但皆怨世无公道耳。

三八、一种春风两样情

薛能诗云："邵平瓜地接吾庐，谷雨干时偶自锄。昨夜春风欺不在，就床吹落读残书。"

王禹偁诗云："两株桃杏映篱斜，装点商山处士家。何事春风容不得，和莺吹折数枝花。"

此皆责春风横蛮，可憎也。

杨巨源《折杨柳和陈秀才》："水边杨柳绿烟丝，立马烦君折一枝。惟有春风最相惜，殷勤更向手中吹。"

明石源《扫张氏墓》："云归巫峡雨阳台，杜宇声声唤不回。惟有春风最怜惜，墓前收拾纸钱灰。"

此皆赞春风善解人意，可爱也。

一样春风两样情，非春风有知，乃诗人借春风以传主观之情耳。

三九、对比见情

诗词中常用今昔对比的笔法，突出某种感情。

宋辛弃疾《生查子》："去年燕子来，帘幕深深处。香径得泥归，却把琴书污。　　今年燕子来，谁听呢喃语？不见卷帘人，一阵黄昏雨。"

宋欧阳修《生查子》："去年元夜时，花市灯如昼。月上柳梢头，人约黄昏后。　　今年元夜时，月与灯依旧。不见去年人，泪湿春衫袖。"

唐王播《题惠照寺》："三十年前此院游，木兰花发院新修。如今再到经行处，树老无花僧白头。"

前二词在对比中显示出物是人非，相思无尽。后一诗从对比中显现出世事变迁，由盛转衰。

又，唐杜荀鹤名诗《再经胡城县》，用对比手法揭露恶官，尤其撼人心扉。诗云："去岁曾经此县城，县民无口不冤声；今来县宰加朱绂，便是生灵血染成。"以"去岁"与"今来"相对比，"去岁"既然已是"县民无口不冤声"，说明县宰作恶多端，理应铲除，但"今来"时所见却恰恰相反，这个恶官不仅没有被贬抑，反而加了"朱绂"（红色的绶带，古代授予功勋之官），受到上司的嘉奖，真是令人匪夷所思。通过这一强烈对比，对封建官场的黑暗和封建制度的罪恶，作了生动的揭露和有力的鞭笞。

今有人仿效上诗对比格式，作了一首《桃》诗，揭露讽刺某些作风不正的地方干部。诗云："早岁种桃时，县官嫌占地。今年果满山，官功归县志。"（见《当代诗词》2000 年第 1 期）当初百姓创业种桃时，县官说三道四阻拦；现今创业成功"果满山"时，县官立即变成峨眉山摘桃的猴子，竟贪民之功，据为己有，把创业之功，记到自己的功劳簿上，厚颜无耻，作风恶劣。小诗绵里藏针，揭露深刻，讽刺有力。

四〇、松柳不可互换

"月上柳梢头，人约黄昏后"。写恋情。句中"柳"若改"松"，则缺男女柔情矣。

"松间明月，石上清泉"。写隐士逸情。句中"松"若换"柳"，则失却高人雅趣矣。

四一、李白佚诗

明程尚宽《新安名族志》上卷"胡姓"云："黟横冈有胡明星，仕梁，天监中为太常卿。尝里居，郭外多荒田未辟，乃穿一渠十余里，溉田千余顷，民德之，立祠于冈上。唐李白题其祠云：'十里无余姓，田庐共一村。四时瞻庙貌，尽是太常孙。'"

善按：李白游徽州，曾至黟县，写有《碧山》、《钓台》、《小桃源》等诗，赞其地"别有天地非人间"。其《小桃源》云："黟县小桃源，烟霞百里间。地多灵草木，人尚古衣冠。"此诗与上引之诗，皆随口成章的即兴之作，朴实自然颇相类似。

四二、忌六气

“画忌六气：一曰俗气，如村女涂脂；二曰匠气，工而无韵；三曰火气，有笔杖而锋芒太露；四曰草气，粗率过甚，绝少文雅；五曰闺阁气，描写软弱，全无骨气；六曰蹴黑气，无知妄作，恶不可耐”。（《历代论画名著汇编》引邹氏语，见该书454页）

善按：作诗亦当如此，切忌六气，其中第二匠气，学者往往犯之，“工而无韵”。第三火气，“左”气十足者往往犯之，舒壮气，唱高调，“锋芒太露”。第一俗气及第四草气，胸无学问、根基不深者常犯之，涂脂抹粉，粗率过甚，绝少文雅。

四三、活脱

清邹一桂《小山画谱·两字诀》：“画有两字诀：曰活，曰脱。活者，生动也，用意、用笔、用色，一一生动，方可谓之写生……脱者，笔笔醒透，则画与纸绢离，非笔墨跳脱之谓。脱乃是活意，花如欲语，禽如欲飞，石必峻嶒，树必挺拔，观者但见花鸟树石而不见纸绢，斯真脱矣。”（《历代论画名著汇编》454页）

善按：其论透辟，“脱”字阐述尤精。画如此，诗文亦当如此也，贵在形神毕肖，尤重神似。正如司空图《诗品·形容》所云：“离形得似，庶几斯人。”

四四、妙在构思

宋政和间，崇尚绘事，用太学生考试四方画士，又往往以古人诗句命题作画。一次，以“竹锁桥边卖酒家”为试题，众画士多向酒家着笔，一士当于桥头竹外隐挂一酒帘而已，得魁。又一次，以“踏花归去马蹄香”为题，众皆画人骑马上赏花景，一士未画花，只画几只蝴蝶飞逐于途中行走的马蹄旁，将“香”字形象突出。又试“万绿丛中红一点”，众皆于花木上装点，一士独画于一危亭缥缈、绿杨掩映之处，点出一红装美人凭栏而立，独得选。

近读一首新诗，题名《半小时》，写改革开放以来家乡小镇的巨大发展变化。诗云：“小时候我光着脚丫子步行，从永丰街这头到永丰街那头，只需半小时。/后来我骑自行车，从永丰街这头，到永丰街那头，也要半小时。/现在我骑摩托车，从永丰街这头，到永丰街那头，要超过半小时。”这首小诗撇开家乡建设场面的正面描写，别出心裁，用三个“半小时”的对比，生动地从侧面暗示出家乡建设发展速度惊人，街的长度由过去步行半小时（约2公里），延伸到现在骑摩托车还要超过半小时（至少20公里）。今昔相比，十倍猛增。这样表现，深刻新鲜，给读者留下了充分的想象空间。

上举古今诗例，皆妙在独出心裁，构思新巧，突破俗套和常规。无怪古人将构思“窥意象而运斤”看作“驭文之首术，谋篇之大端”，“意翻空而易奇，言征实而难巧”（见《文心雕龙·神思》）。

四五、点铁成金

《随园诗话》："诗人陈字锦，居南城外，与报恩寺塔相近。樊明征秀才赠诗云：'南郊风物是谁真，不在山巅与水滨。仰首陆离低首诵，长干（寺前大道）一塔一诗人。'陈嫌不佳。余曰：'渠用意极妙，惜未醒耳。若改仰首欲攀低首拜，则精神全出。'仅易二字耳。陈为雀跃。"

善按：袁枚老人将樊诗的第三句中的"陆离"改为"欲攀"，"诵"改作"拜"，而塔仰之弥高、诗人对塔追攀敬仰之意溢于言表。原句"陆离"指剑，用以形容塔高而尖。"诵"，形容一诗人在吟诵诗。原句仅为客观静止地写塔与诗人，没有把诗人与塔二者情思写出；且以"陆离"喻塔，既古奥又硬凑；以"诵"指诗亦不够明确，故袁枚谓其"未醒"。仅改动三字，顿时活脱有情趣，真可谓"点铁成金"。

四六、体物入微

韩愈《早春》诗："天街小雨润如酥，草色遥看近却无。最是一年春好处，绝胜烟柳满皇都。"次句最佳。春初，草芽方露土，近处不见，放眼远望，由无数小小绿点构成的一片蒙蒙之绿色，如烟似雾，满眼生意盎然。此景人皆见之，然若视而不见，唯诗人灵心慧眼，自能体物入微，以口头语，写出眼前看似寻常实则绝妙之景。苏轼《腊日游孤山访惠勤惠思二僧》诗有云："忽有好诗生眼底，安排句法已难寻。"惟诗人始会个中玄妙。

四七、施愚山佚诗

清田雯《古欢堂集杂著》卷四："余受学于愚山甚久，辛亥在都下，赠一诗云：'舍人诗思剧，委巷肯相过。官冷金门贵，心闲沧海多。暗虫催夕杵，凉雨濯秋河。不厌东方朔，狂来据地歌。'又《辛酉过金陵寄怀》云：'蕙草三见花，离情集暮节。虽无尺素书，道远心如结。天际举孤霞，林端皎积雪。伊人秉微尚，抱膝自怡悦。得士怀异宝，违时甘用拙。空余郁陶心，仰看托明月。'皆大雅有古气。又《和移居》一篇亦佳。"

善按：余整理出版《施愚山集》，此二首未有，姑录之，再版待补。

四八、三者孰优

同为见树伤老，韦应物云："窗里人将老，门前树已秋。"白居易云："树初黄叶日，人欲白头时。"司空曙云："雨中黄叶树，灯下白头人。"明谢榛评云："三诗同一机杼，司空为优：善状目前之景，无限凄感，见于言表。"（见《四溟诗话》）清田雯评云："余所见与茂秦不同，司空意尽，不如乐天有余。味'初'字、'欲'字，妙有含蓄，老泪暗流，情景难堪，更深一层。"

善按：司空虽不如乐天含蓄，但就情景烘托、画面鲜明突出而言，乐天则不如司空。故司空句成为脍炙人口之名句，韦、白则不能。

四九、一字一泪

宋郑獬《采凫茨》："朝携一筐出，暮携一筐归。十指欲流血，且急眼前饥。官仓岂无粟，粒粒藏珠玑。一粒不出仓，仓中群鼠肥。"此诗真可谓字字血，声声泪。官家之恶、小民之苦，历历在目。联想起当年大饥荒，农民活活饿死，倒于公仓之下；又联想起当年安徽省省长张恺帆至无为开仓济民，被人民称为"张青天"，但不幸却背起"右倾"恶谥。真是是非颠倒，古今相同。读此诗，慨叹久之。

五〇、《寒食》析

唐韩翃以《寒食》诗得名。诗云："春城无处不飞花，寒食东风御柳斜。日暮汉宫传蜡烛，轻烟散入五侯家。"贺裳评云："宋亡而天下不复禁烟，今人不知钻燧，又不深习唐事，因不解此诗立言之妙。前二语犹只淡写。至'日暮汉宫传蜡烛，轻烟散入五侯家'，上句言新火，下句言赐火也。此诗作于天宝中，其时杨氏擅宠，国忠、铦与秦、虢、韩三姨号为'五家'，豪贵荣盛，莫之能比，故借汉王氏五侯喻之。即赐火一事，而恩泽先沾于戚畹，非他人可望，其余锡予之滥，又不待言矣。寓意远，托兴微，真得风人之遗。"吴乔《围炉诗话》之一："唐之亡国由于宦官握兵，实代宗之授以柄。此诗在德宗建中初，只'五侯'二字见意，唐诗之通于《春秋》也。"

善按：今人因不明宦官来由，不知此诗写作背景，故不能识破诗中讽刺之妙。得此解释，自当了然。

五一、捕捉眼前景

贺裳《载酒园诗话》："文人触目惊心，无一事轻忽。如杜甫《题柏大兄弟山居屋壁》曰'书签映夕曛'，决非由思索得者，若粗莽人偶不经意，即失之矣。然上句乃'笔架沾窗雨'，必无晴雨并见之理，当是适逢新霁，斜晖射书上，笔架犹带残雨也。又如'远鸥浮水静，轻燕受风斜'，'啅雀争枝坠，飞虫满院游'，'芹泥追燕嘴，花蕊上蜂须'，'风蝶勤依桨，春鸥不避船'，'柱穿蜂溜蜜，栈缺燕添巢'，'步壑风吹面，看松露滴身'，'路危行木杪，身远宿云端'，皆目前之景，诗人无此细心，亦无此秀笔耳。"

善按：诗人心须细，眼须快，笔须勤，方可捕捉到生活中富有情趣的细微之景，将它迅速记录下来，将须臾化为永恒。上例生动地告示人们怎样观察生活、描绘生活。

五二、易道难言

清贺贻孙《诗筏》："眼前寻常景，家人琐俗事，说得明白，便是惊人之句。盖人所易道，即人所不能道也。"

善按：天上流星，天边落月，人人曾见，不曾形容，老杜"飞星过水白，落月动沙虚"稍加收拾点缀，便成名句。他如老杜"杖藜还拜客"、"旧犬喜我归"，王维"野老与人争席罢"，高适"庭鸭喜多雨"，皆现成琐俗事，无人道得，道得即成妙诗。

五三、逆光摄影

摄影时光线从被摄物体的背后而来，对着摄影机镜头，称为逆光摄影。逆光摄影正面暗而反面亮，可以将物体的轮廓影像突出而巧妙地勾勒出来，令人感到新奇有趣。有的诗也采用类似的手法描写景物。明人沈明臣《渔村夕照》七绝，写渔人傍晚下湖网鱼情景，首二句云："不知谁唱《白铜鞮》，杨柳村南即大堤。"写渔人唱着民歌，从杨柳村岸边下湖打鱼。后二句云："欸乃一声风断续，打鱼人背夕阳迟。"上句写渔人摇着桨将船划到湖心撒网。从"欸乃"声中，可以想见那湖上渔舟荡漾、银网抛撒的繁忙景象。下句是焦点，写渔人弓着腰收网捉鱼。此时远望渔人最突出的部分是脊背，加以夕阳反照，背部亮度增加，更显得突出。"背夕阳"，构成了一幅黑白反差强烈的逆光摄影。这一具有特殊美感的镜头，分外引人注目，令人拍手叫绝。"夕阳迟"，这不仅显出渔人捕鱼的辛劳，也将夕阳写得富有情味，她仿佛在殷勤地陪伴着渔人劳作，迟迟不肯下山。

五四、组合成画

明李东阳《麓堂诗话》："'鸡声茅店月，人迹板桥霜。'人但知其能道羁愁野况于言意之表，不知二句中不用一二闲字，止提掇出紧关物色的字样，而音韵铿锵，意象具足，始为难得。若强排硬叠，不论其字面之清浊、音韵之谐舛，而云我能写景用事，岂可哉？"

善按：所言甚是。善于提掇典型景物，组合成画，此实诗家大本领。与上所举之例相同的很多，如张先的"云破月来花弄影"、马致远的"枯藤老树昏鸦，小桥流水人家……"等皆是。

五五、学诗浑似学参禅

严羽谓论诗如论禅，"禅道惟在妙悟，诗道亦在妙悟"。明都穆《南濠诗话》以"学参禅"为题，录诸家学诗诗如下：

赵章泉："学诗浑似学参禅，识取初年与暮年。巧匠曷能雕朽木，燎原宁复死灰燃。""学诗浑似学参禅，要保心传与耳传。秋菊春兰宁易地，清风明月本同天。""学诗浑似学参禅，束缚宁论句与联。四海九州何历历，千秋万岁永相传。"

吴思道："学诗浑似学参禅，竹榻蒲团不计年。直待自家都肯得，等闲拈出便超然。""学诗浑似学参禅，头上安头不足传。跳出少陵窠臼外，丈夫志气本冲天。""学诗浑似学参禅，自古圆成有几联？青草池塘一句子，惊天动地至今传。"

龚圣任："学诗浑似学参禅，悟了方知岁是年。点铁成金犹是妄，高山流水自依然。""学诗浑似学参禅，语可安排意莫传。会意即超声律界，不须炼石补青天。""学诗浑似学参禅，几许搜肠觅句联。欲识少陵奇绝处，初无言句与人传。"

都穆："学诗浑似学参禅，不悟真乘枉百年。切莫呕心并剔肺，须知妙悟出天然。""学诗浑似学参禅，笔下随人世岂传？好句眼前吟不尽，痴人犹自管窥天。”“学诗浑似学参禅，语要惊人不在联。但写真情并实境，任他埋没与流传。”

读上述诸公诗，不禁联想起自己学诗甘苦，深有感触，亦步韵作和诗三首：

学诗浑似学参禅，
自少苦修到老年。
坐破蒲团得妙悟，
升堂入室自陶然。

学诗浑似学参禅，
要纳真传摒谬传。
李杜为师法上乘，
咏同秋水共长天。

学诗浑似学参禅，
意明相生珠璧联。
关爱众生深体察，
情真景美自流传。

五六、描写逼真

唐张林《池上》云：“菱叶乍翻人采后，荇花初没舸行时。”宋张子野《溪上》云：“浮萍断处见山影，小艇移时闻草声。”二诗均细致逼真，使人如见如闻。余故家洲渚水乡，诗中所写，采菱后，菱叶乍翻；小艇行于水草上，船底嗤嗤作响，皆幼时习见惯闻，故读之尤感亲切。

五七、戴石屏奇对

明瞿佑《归田诗话》卷中："戴式之尝见夕映照山，峰峦重叠，得句云：'夕阳山外山。'造语奇特，欲以'尘世梦中梦'对之，而不惬意。后行村中，春雨方霁，行潦纵横，得'春水渡傍渡'之句以对，上下始相称。然须实历此境，方见真奇妙。"

善按：对语可谓精益求精。"尘世梦中梦"虽也可对，但虚拟，有硬凑痕迹。"春水渡傍渡"，实景，鲜活，故对之自然巧妙。然如诗人无实际生活体验，闭户造车是造不出来的。

五八、陆游咏恋情

据周密《齐东野语》、陈鹄《耆旧续词》记载，陆游初娶唐琬，美而慧，伉俪相得，但唐失意于婆母。婚后三年，陆游被迫与爱妻离异，以后虽各自嫁娶，但相恋之心至死纠缠。数年后的一个春天，陆游游沈园（在绍兴），恰遇唐琬，两人怅然久之。唐琬置酒相待，陆游乘醉挥毫在壁上题写《钗头凤》词，云："红酥手，黄縢酒，满园春色宫庭柳。东风恶，欢情薄，一怀愁绪，几年离索。错！错！错！/春如旧，人空瘦。泪痕红浥鲛绡透。桃花落，闲池阁。山盟虽在，锦书难托。莫！莫！莫！"词中表达出两人眷恋之深，相思之切，也表达了词人难以言状、无可奈何的怨恨凄楚之情。唐琬读之，无限情伤，洒泪相和云："世情薄，人情恶。雨送黄昏花易落。晓风干，泪痕残。欲笺心事，独语斜栏。难！难！

难！/人成各，今非昨。病魂常恨秋千索。角声寒，夜阑珊。怕人寻问，咽泪装欢。瞒！瞒！瞒！”由于伤心过度，唐氏不久就郁郁而死。陆游得知，心灵创伤格外加重，直到老犹恋恋于怀。七十五岁时，他重游故地，写下了《沈园二首》。一曰：“城上斜阳画角哀，沈园非复旧池台。伤心桥下春波绿，曾是惊鸿照影来。”二曰：“梦断香销四十年，沈园柳老不吹绵。此身行作稽山土，犹吊遗踪一泫然。”诗中回忆当年相遇之情，倾诉离索相思之刻骨铭心。以“泫然”结尾，包含着多少爱恨和追悔，大有“天长地久有时尽，此恨绵绵无尽期”的意味，真切感人。

五九、杏花诗

咏杏花句，宋陈简斋（与义）：“客子光阴书卷里，杏花消息雨声中。”陆游：“小楼一夜听春雨，深巷明朝卖杏花。”叶绍翁：“春色满园关不住，一枝红杏出墙来。”戴石屏：“一冬天气如春暖，昨日街头卖杏花。”或典雅，或清新，或幽默，然皆活泼泼地，以杏花透露出令人愉悦的春天气息。

六〇、拙起巧收

贾岛有《三月晦日赠刘评事》七绝写惜春云：“三月正当三十日，风光别我苦吟身。共君今夜不须睡，未到晓钟犹是春。”顾况有《题明霞台》七绝写隐居云：“野人本自不求名，欲向山中过一生。莫嫌憔悴无知己，别有烟霞似弟兄。”明王世贞指出：上二诗“同一法，以拙起，唤出巧意，结语俱堪

讽咏。”(《艺苑卮言》卷四)

善按:“未到晓钟犹是春”,写尽浓浓惜别之意。“别有烟霞似弟兄”,道出隐者的厌世之情与孤独心态。

六一、《大风》与《秋风》

汉高祖刘邦有《大风歌》:“大风起兮云飞扬,威加海内兮归故乡。安得猛士兮守四方!”

汉武帝刘彻有《秋风辞》:“秋风起兮白云飞,草木黄落兮雁南归。兰有秀兮菊有芳,怀佳人兮不能忘。泛楼船兮济汾河,横中流兮扬素波。箫鼓鸣兮发棹歌,欢乐极兮哀情多。少壮几时兮奈老何!”

明王世贞《艺苑卮言》卷三评曰:“《大风》三言,气笼宇宙,张千古帝王赤帜,高帝哉!汉武故是词人,《秋风》一章,几于《九歌》矣。”又引《文中子》曰:“《大风》安不忘危,其霸心之存乎?《秋风》乐极悲来,其悔心之萌乎?”

六二、长篇叙事诗典范——《孔雀东南飞》

《孔雀东南飞》最早见于《玉台新咏》,题为《古诗为焦仲卿妻作》,诗前有序文介绍故事始末:“汉末建安中,庐江府小吏焦仲卿妻刘氏(兰芝),为仲卿母所遣。自誓不嫁,其家逼之,乃没水而死。仲卿伤之,亦自缢于庭树。时人伤之,为诗云尔。”可见此乃一曲基于事实而形于吟咏的婚姻怨歌。

通过对话塑造人物形象,是这首叙事长诗的最大艺术成就。清沈德潜《古诗源》卷四按语："共一千七百八十五字，古今第一首长诗也。淋淋漓漓，反反复复，杂述十数人口中语，而各肖其声音面目，岂非化工之笔。"

此诗结构细密，呼应映衬得宜。陈祚明《采菽堂古诗选》指出："凡长篇不可不频频照应，不则散漫。篇中如'十三学织素'云云，'吾今且赴府'云云，'盘石'、'蒲苇'云云及'鸡鸣'之于'牛马嘶'，前后两默无声，皆是照应法，然用之浑然，初无形迹故佳，乃神化于法度者。"

本诗善于剪裁，繁简得当。诗中故事头绪纷繁，若不加剪裁，必散漫杂乱。《古诗源》评："作诗贵剪裁。入手若叙两家家势，末段若叙两家如何悲恸，岂不冗漫拖沓？故意以一二语了之，极长诗中具有剪裁也。"又云："长篇诗若平平叙去，恐无色彩，中间须点染华缛，五色陆离，使读者心目俱炫，如篇中新妇出门时'妾有绣罗襦'一段，太守择日后'青雀白鹄舫'一段是也。"

明王世贞评此诗云："《孔雀东南飞》质而不俚，乱而能整，叙事如画，叙情若诉，长篇之圣也。"(《艺苑卮言》卷二)

六三、"瑟瑟"解

明杨慎《升庵诗活》卷十一："白乐天《琵琶行》：'枫叶荻花秋瑟瑟。'此句绝妙，枫叶红，芦花白，映秋色碧也。瑟瑟，珍宝名，其色碧，故以瑟瑟影指'碧'字。读者草草，不知其解也。今以问人，辄答曰：'瑟瑟者，萧瑟也。'此解非是。何以证之？乐天又有《暮江曲》云：'一道残阳映水中，半江瑟瑟半江红。'此瑟瑟岂萧瑟哉？正以残阳照江，半红半碧耳。

乐天有灵，必惊予为千载知己矣。”

六四、当句对

诗句中，本句上下相对，谓之当句对。王维诗：“门外青山如屋里，东家流水入西邻。”上句“青山”对“屋里”，下句“东家”对“西邻”。严维诗：“木奴花映桐庐县，青雀舟随白鹭涛。”上句“木奴花”对“桐庐县”，下句“青雀舟”对“白鹭涛”。当句对可使句活韵畅，诵读铿锵。

六五、险诨句

明杨慎《升庵诗话》卷十三：“吴均诗：‘秋风泷白水，雁足印黄沙。’为沈约所笑。唐人以此句为险诨句，传奇诗多有之，沈青箱‘夜月玻璃水，春风卵色天’是也。韩退之：‘水作青罗带，山如白玉簪。’杜牧：‘钱塘鹦鹉绿，吴岫鹧鸪斑。’东坡：‘山为翠浪涌，水作玉虹流。’大家亦时有之也。”

善按：险诨，轻薄调笑的意思。这些句子从字面看似乎出奇耸人听闻，开玩笑，其实却是诗人观察事物的真实感受。如白水自上而下奔流，在强劲的秋风中看，好似水流的湍急(泷)是秋风推动的。在黄沙上看那一行行整齐的雁爪迹，好似是大雁有意印下的。月光静静地铺在地面，凝神望，好似玻璃般平静的水面；春风送暖，抬头望，仿佛春风把天空染成蛋青色。水青山碧，一带状，一簪形，凝神远望群山溪水，很自然会联想到青罗带、碧玉簪。东坡句更是传神。群山在轻云缭绕中化静为动，犹如翠浪涌动；溪涧之水静静地流，化动为静，仿佛流的不是水，而是玉虹。诗人如果观察不细、体验不深，是不会有此出神入化之感觉的。

六六、描写邻舍诗

俗话说："远亲不如近邻。"邻舍朝夕相处，往往建立很深的情谊。古诗中有很多描写邻舍的佳句，《升庵诗话》卷十三有摘录，抄之如下："陈张正见《邻舍》诗曰：'檐高同落照，巷小共飞花。'符载诗：'绿进穿篱笋，红飘隔户花。'于鹄诗：'蒸藜尝共灶，浇韭亦同渠。传屐朝寻药，分灯夜读书。'刘长卿：'鸡声共林巷，烛影隔茅茨。'徐锴诗：'井泉分地脉，碪杵共秋声。'梅圣俞诗：'篱根分井口，壁隙透灯光。'总不如杜工部《赠朱山人》云：'相近竹参差，相过人不知。幽花欹满树，曲水细通池。归客村非远，残樽席更移。看君多道气，从此数相随。'浑成不见剞劂，而句句切题。"

又有鲍钦止《邻舟》诗，亦颇得邻舟江行之趣。诗云："舟行有后先，相去能几许。铿轰金鼓声，见面不得语。水花来幽香，岸柳过疏雨。登舻各乘流，解帆会联浦。携我小龙团，睡起就君煮。"写舟行江上情景，活灵活现。结尾煮茶（龙团）待邻舟之客，尤其显示出与邻舟相处和睦，感情甚笃。

六七、"一点"与"一照"

杜甫《玩月呈汉中王》，写汉中王李瑀（时已被肃宗贬为渠州长史）别后孤舟夜行江上情境。首云"夜深露气清，江月满江城”，中有“关山同一照，乌鹊自多惊”句，其中“一照”，《草堂诗余》作“一点”。杨慎《升庵诗话》卷十四云：“‘点’字绝妙，东坡亦极爱之，作《洞仙歌》云‘一点明月窥人’用其语也。《赤壁赋》云‘山高月小’，用其意也。今书坊本改‘点’作‘照’，语意索然。且‘关山同一照’，小儿亦能之，何必杜公也。幸《草堂诗话》注可证。”清张习孔《云谷卧余》卷三《关山同一照》驳斥杨说。杨以苏轼《洞仙歌》作旁证，张氏驳云：“殊不知《洞仙歌》格调‘绣帘开一点’五字为句，‘明月窥人’四字为句。坡原无‘一点明月’之语，用修（即杨慎）乃以破句为创获，误矣！此犹以诗句言也，至于诗格，终以‘一照’为是。知诗者细玩两句，语意自见。”

善按：考诗之背景，杜别后独行江上，汉中王亦被谪远行途中，同在月光下，故曰“关山同一照”，至于“乌鹊自多惊”亦感叹两人羁旅孤苦多愁。按此理解，张习孔之说近是，而杨说涉于尖巧，难以自圆。

六八、太白与古乐府

李太白爱读古乐府，从古乐府中吸收创作营养。他的诗，有的蓄意仿效古乐府，使其诗倍增清新气息。由于他的引用，也使古乐府倍受诗人喜爱。明杨慎对这一点论之甚详：“古乐府：‘暂出白门前，杨柳可藏乌。欢作沈水香，侬作博山炉。’李白用其意，衍为《杨叛儿》，歌曰：‘君歌《杨叛儿》，妾劝新丰酒。何许最关情，乌啼北门柳。乌啼隐杨花，君醉留妾家。博山炉中沉香火，双烟一气凌紫霞。’古乐府：‘朝见黄牛，暮见黄牛。三朝三暮，黄牛如故。’李白则云：

‘三朝见黄牛，三暮行太迟。三朝又三暮，不觉鬓成丝。’古乐府云：‘郎今欲渡畏风波。’李白云：‘郎今欲渡缘何事，如此风波不可行。’古乐府云：‘春风复多情，吹我罗裳开。’李反其意云：‘春风复无情，吹我梦魂散。’古人谓李诗出自乐府古选，信矣。其《杨叛儿》一篇，即‘暂出白门前’之郑笺也。因其括用，而古乐府之意益显，其妙益见。如李光弼将子仪军，旗帜益精明；又如神僧拈佛祖语，信口无非妙道，岂生吞义山拆洗杜诗者比乎？”

六九、三句体

古有三句体诗，二三句须押韵，亦有三句皆用韵者。唐岑之敬《当垆曲》：“明月二八照花新，当垆十五晚留宾，回眸百媚横自陈。”宋谢翱《寄邓牧心》：“杜鹃花开桑叶齐，戴胜芋生药草肥，九锁山人归未归？”明詹天牖《寄山中友人》：“桂树苍苍月如雾，山中故人读书处，白露湿衣不可去。”明杨慎云：“古有三句之诗，意足词赡，盘屈于二十一字之中，最为难工。遍检前贤诗，不过四五首而已。”

七〇、杜诗夺胎之妙

明杨慎《升庵诗话》卷五：“陈僧慧标《咏水》诗：‘舟如空里泛，人似镜中行。’沈佺期《钓竿》篇：‘人如天上坐，鱼似镜中悬。’杜诗：‘春水船如天上坐，老年花似雾中看。’虽用二子之句，而壮丽倍之，可谓得夺胎之妙矣。”

七一、杜甫论诗

杜甫有论诗诗:“不及前人更勿疑,递相祖述竞先谁。别裁伪体亲《风》《雅》,转益多师是汝师。”杨慎《升庵诗话》评云:“此少陵示后人以学诗之法。前二句,戒后人之愈趋愈下;后二句,勉后人之学乎其上也,盖谓后人不及前人者,以递相祖述,日趋日下也。必也区别裁正浮伪之体,而上亲《风》《雅》,则诸公之上,转益多师,而汝师端在是矣。此说精妙。杜公复生,必蒙印可。然非余之说也,须溪语罗履泰之说,而予衍之耳。”

七二、孟郊《四婵娟》诗

杨慎《升庵诗话》卷三:“孟东野诗:‘花婵娟,泛春泉。竹婵娟,笼晓烟。雪婵娟,不长妍。月婵娟,真可怜。’其辞风华秀艳,有古乐府之意。‘雪婵娟’,今本或作‘妓婵娟’,非也。余尝令绘工绘此为《四时婵娟图》,以花当春,以竹当夏,以月当秋,以雪当冬也。”

善按:郊诗亦可作三言诗范例。

七三、古诗二言至十一言

明杨慎《升庵诗话》卷三:“黄帝《弹歌》:‘断竹,庡木,飞土,逐肉。’二言之始也。《诗·颂》:‘振振鹭,鹭于飞。鼓咽咽,醉言归。’三言之始也。‘郁郁乎予心,颜厚有忸怩。’五言之始也。《诗·雅》:'我不敢效我友自逸。'八言之始也。杜诗:'男儿生不成名身已老。'九言也。李太白:'黄帝铸鼎于荆山练丹砂,丹砂成骑龙飞上太清家。'十言也。东坡诗:'山中故人应有诏我归来篇',十一言也。'我不敢效我友自逸',亦可作两句,若长吉'酒浇不到刘伶坟土'八言一句浑成。"

七四、乱改古人诗例

杨慎《升庵诗话》卷三:"郎士元《留卢秦卿》诗云:'知有前期在,难分此夜中。无将故人酒,不及石尤风。'石尤风,打头逆风也,行舟遇之则不行。此诗意谓行舟遇逆风则住,故人置酒以前期(按指预定)为辞,是故人酒不及石尤风矣。语意甚工。近人吴中刻唐诗,不解石尤风为何语,遂改作'古淳风',可笑又可恨也。"

《升庵诗话》卷六又记:"孟蜀牛峤《杨柳枝词》:'吴王宫里色偏深,一簇烟条万缕金。不分钱塘苏小小,引郎松下结同心。'按古乐府《小小歌》有云:'妾乘油壁车,郎乘青骢马。何处结同心?西陵松柏下。'牛诗用此意咏柳而贬松,唐人所谓尊题格也。后人改'松下'作'枝下',语意索然矣。"

又记:"杜子美诗'近来海内为长句,汝与东山李白好'。流俗本妄改作'山东李白'。按乐史序《李白集》云:'白客游天下,以声妓自随,效谢安石风流,自号东山,时人遂以东山李白称之。'子美诗句,正因其自号而称之耳。流俗不知而妄改。近世作《大明一统志》,遂以李白入山东人物类,而引杜诗为证。近郢书燕说矣。噫!寡陋一至此哉!"

善按：上引例极为典型地揭示出妄改古诗之弊，尤其是将“东山李白”改为“山东李白”，后人竟以之为根据，将李白的籍贯由四川改为山东，极为可笑，亦极可恨！

七五、山林真趣

范仲淹《寄林处士》诗云：“片心高与月徘徊，岂为千金下钓台？犹笑白云多事在，等闲为雨出山来。”又宋僧万显《闲》诗云：“万松岭上一间屋，老僧半间云半间。三更云去逐行雨，回头却羡老僧闲。”

善按：二诗皆写山林闲居之乐趣。二者相比，僧诗尤为自然风趣。

七六、不知所咏何物

金王若虚《滹南诗话》卷三：“近世士大夫，有以墨梅诗传于时者，其一云：‘高髻长眉满汉宫，君王图上按春风。龙沙万里王家女，不着黄金卖画工。’其一云：‘五换邻钟三唱鸡，云昏月淡正低迷。风帘不着栏干角，瞥见伤春背面啼。’予尝诵之于人，而问其咏何物，莫有得其仿佛者，告以题，犹惑也。尚不知为花，况知其为梅，又知其为画哉？自‘赋诗不必定此诗’之论兴，作者误认而过求之，其弊遂至于此。”

善按：这两诗颇似现代的朦胧诗，其意趣只有诗人自己知道，读者则如读咒语，不知所云，徒然“朦胧”而已。

七七、山谷诗病

黄山谷诗，多为承袭前人或他人之作，将他人诗抄来，中间稍加补缀，即作为己作，实在有伤大雅。无怪宋张戒讥评曰："鲁直专以补缀奇字，学者未得其所长，而先得其所短，诗人之意扫地矣。"（见《岁寒堂诗话》卷上）今略举例如下：

山谷《渔父》词："新妇矶头新月明，女儿浦口暮潮平，沙头鹭宿戏鱼惊。"此三句抄顾况《夜泊江浦六言》。每句新添一字，"月"上添"新"、"潮"上添"暮"、"鱼"上添"戏"。

山谷"百年中半夜分去，一岁无多春再来"，全用乐天两句"百年夜分半，一岁春无多"。

山谷"堂前水木湛清华"，用《选》诗谢叔原"水木湛清华"。

山谷"王侯须若缘坡竹"，用王褒《骂髯僮文》云："须若缘坡之竹。"

山谷《谢人茶》诗："涪翁投赠非世味，自许诗情合得尝。"出薛能《茶》诗："粗官乞与真抛却，只有诗情合得尝。"

山谷集中有绝句云："草色青青柳色黄，桃花零落杏花香。春风不解吹愁去，春日偏能惹恨长。"乃唐人贾至诗。只改其中六字：贾云"桃花历乱"改"桃花零落"，"不为吹愁"改"春日偏能"。

金王若虚亦评山谷诗云："山谷之诗，有奇而无妙，有斩绝而无横放，铺张学问以为富，点化陈腐以为奇，而浑然天成如肺腑流出者不足也……或谓论文者尊东坡，言诗者右

山谷，此门生亲党之偏说。”（见《滹南诗话》卷三）

王若虚又云：“鲁直于诗，或得一句而终无好对，或得一联而卒不能成篇，或偶有得而未知可以赠谁，何尝见古之作者如是哉？……鲁直论诗，有夺胎换骨、点铁成金之喻，以为名言，以予观之，特剽窃之黠者耳。”（引同上）

明杨慎《升庵诗话》卷一：“黄山谷诗可嗤鄙处极多，其无义理者，莫如‘双鬟女弟如桃李，早年归我第二雏’之句，称子妇之颜色于诗句，以赠其兄，何哉？朱文公谓其诗多信笔乱道，信矣。”

明王世贞《艺苑卮言》卷四：“李太白有‘人烟寒橘柚，秋色老梧桐’句，而黄鲁直更之曰：‘人家圃橘柚，秋色老梧桐。’无咎极称之，何也？余谓中只改两字，而丑态毕具，真点金作铁手耳。”

七八、“自家语”最须下力

一句诗中，最能体现诗人功力和最能表达诗味的字眼称“自家语”，最需下力气定夺。宋吴可《藏海诗话》举例云：“‘便可披襟度郁蒸’，‘度’字又曰‘扫’，不如‘扫’字奇健。盖‘便可’二字少意思，‘披襟’与‘郁蒸’是众人语，‘扫’字是自家语。自家语最要下得稳当，韩退之所谓‘六字寻常一字奇’是也。”

善按：“一字”，在句中往往是动词或形容词，所谓炼字，所谓点睛，即是指的这“一字”。形容词的如“村落田园静，人家竹树幽”中的“静”和“幽”。动词如“寒烟炯白鹭，暖风摇青蘋”中的“炯”和“摇”，“远钟撞白云”中的“撞”，“寒树邀栖鸟，晴天卷片云”中的“邀”和“卷”。

七九、有形病与无形病

宋吴可《藏海诗话》：“画山水者，有无形病，有有形病；有形病者易医，无形病则不能医。诗家亦然。凡可以指瑕镌改者，有形病也；混然不可指摘，不受镌改者，无形病，不可医也。”

善按：有形病，画指一枝一节或色彩深浅等；诗指字句、篇章等，可以修改。无形病，诗、画均指构思、立意等大的方面，如果立意浅俗，构思平庸，是无法修改的。“有形病可医，无形病不可医”——旨哉斯言！

八〇、师友渊源

王羲之《镜湖诗》：“山阴道上行，如在镜中游。”沈佺期有云：“人如天上坐，鱼似镜中悬。”杜甫：“春水船如天上坐，老年花似雾中看。”李白：“人行明镜中，鸟度屏风里。”前后虽有所袭，但各有新招。杜诗祖述沈诗，触类而有所发展。李白用语益工。

八一、双声叠韵

杨万里《诚斋诗话》：“或问：‘何谓双声叠韵？’曰：‘行穿诘曲崎岖路，又听钩辀格磔声。’下句叠韵，上句双声也。”

善按：用事实说话，回答绝妙。上句“诘曲”、“崎岖”（声母同为q)，下句“钩辀”(韵母同为ou)、“格磔”(韵母同为e)。

又，清人李重华，妙喻双声叠韵。其《贞一斋说诗》云：“匠门业师问余：‘唐人作诗何取于双声叠韵？能指出妙处否？’余曰：‘以某所见，叠韵如两玉相扣，取其铿锵；双声如贯珠相联，取其宛转。’业师叹赏久之。”

八二、以花比人和以人比花

以花比人：

李白《清平调词》：“一枝红艳露凝香，云雨巫山枉断肠。”——此以带露之花形容杨贵妃妩艳之美。

白居易《长恨歌》：“玉容寂寞泪栏干，梨花一枝春带雨。”——此以带雨梨花形容贵妃愁态之美。

白居易《女道士诗》：“姑山半峰雨，瑶水一枝莲。”——此以姑山雨、瑶水莲形容女道士雅洁。

以人比花：

苏东坡《海棠》：“朱唇得酒晕生脸，翠袖卷纱红映肉。”——以美妇人比海棠。

唐李颀《初荷》：“从来不着水，清净本因心。”——以君子形容初荷的洁白无瑕。

宋郑思肖《寒菊》：“宁可枝头抱香死，何曾吹落北风中。”——将寒菊比作坚守贞操的节士。

八三、七律典范

宋杨万里《诚斋诗话》赞杜甫七律《九日》：“七言八句，

一篇之中，句句皆奇，一句之中，字字皆奇。”杨氏具体分析：“‘老去悲秋强自宽，兴来今日尽君欢。’不徒入句便字字对属，又第一句顷刻变化，才说悲秋，忽又自宽，以‘自’对‘君’甚切，君者友也，自者我也。‘羞将短发还吹帽，笑倩旁人为正冠’，将一事翻腾作一联；又孟嘉以落帽为风流，少陵以不落帽为风流，翻尽古人公案，最为妙法。‘蓝水远从千涧落，玉山高并两峰寒’。诗人至此，笔力多衰，今方且雄杰挺拔，唤起一篇精神，自非笔力拔山，不至于此。‘明年此会知谁健，醉把茱萸仔细看’。则意味深长，悠然无间矣。”

八四、写雨佳句

宋吴聿《观林诗话》：“予家有听雨轩，尝集古今人句。杜牧之云：‘可惜和风夜来雨，醉中虚度打窗声。’贾岛云：‘宿客不来过半夜，独闻山雨到来时。’欧阳文忠公：‘芳丛绿叶聊须种，犹得萧萧听雨声。’王荆公：‘深见炷炉香闭阁，卧闻檐雨泻高秋。’东坡：‘一听南堂新瓦响，似闻东坞小荷香。’陈无己云：‘一枕雨窗新闭阁，卧听丛竹雨来时。’赵德璘云‘ 卧听檐雨作宫商’尤妙。”

善按：以上集句，均切“听雨”二字。至于写喜雨，则当数老杜：“好雨知时节，当春乃发生。随风潜入夜，润物细无声。”（《春夜喜雨》）写暴雨当为坡公：“黑云翻墨未遮山，白雨跳珠乱入船。”（《八月二日望湖楼醉书》）“天外黑风吹海立，浙东飞雨过江来。”（《有美堂暴雨》）李攀龙“雷声千嶂落，雨色万峰来”（《广阳山道中》）亦佳。写苦雨，郑板桥：“小楼忽洒夜窗雨，卧听潇潇还淅淅，湿了清明。”（《浪淘沙·暮春》)宋李重元"欲黄昏,雨打梨花深闭门"(《忆王孙·春词》)更佳。写雨后,李商隐:"虹收青峰雨,鸟没夕阳天。"(《河清与赵氏昆仲宴》)柳永:"暮景萧萧雨霁,云淡天高风细。"(《佳人醉》)唐祖咏:"不知叠嶂夜来雨,清晓石楠花乱流。"(《句》)

八五、作诗准则

元杨载《诗法家数》列"作诗准绳"如下:

立意:要高古浑厚,有气概,要沉着。忌卑弱浅陋。

炼句:要雄伟清健,有金石声。

琢对:要宁粗毋弱,宁拙毋巧,宁朴毋华。忌俗野。

写景:景中含意,事中瞰景,要细密清淡。忌庸腐雕巧。

写意:要意中带景,议论发明。

书事:大而国事,小而家事、身事、心事。

用事:陈古讽今,因彼证此,不可着迹,只使影子可也。虽死事亦当活用。

押韵:押韵稳健,则一句有精神,如柱磉欲其坚牢也。

下字:或在腰,或在膝、在足,最要精思,宜的当。

八六、人以诗名

宋葛立方《韵语阳秋》卷四:"唐朝人士,以诗名者甚众,往往因一篇之善、一句之工,名公先达为之游谈延誉,遂至声闻四驰。'曲终人不见,江上数峰青',钱起以是得名。'故国三千里,深宫十二年',张祜以是得名。'微云淡河汉,疏雨滴梧桐’，孟浩然以是得名。‘兵卫森画戟，宴寝凝清香’，韦应物以是得名。‘野火烧不尽，春风吹又生’，白居易以是得名。‘敲门风动竹，疑是故人来’，李益以是得名。‘鸟宿池边树，僧敲月下门’，贾岛以是得名。‘画栋朝飞南浦云，珠帘暮卷西山雨’，王勃以是得名。‘华裾织翠青如葱，入门下马气如虹’，李贺以是得名。然观各人诗集，平平处甚多，岂皆如此句哉？”

八七、写富诗

宋葛立方《韵语阳秋》卷一：“王岐公被遇四朝，目濡耳染，莫非富贵，其诗如‘宝藏发函金作界。仙醪传羽玉为台’、‘梦回金殿风光别，吟到银河月影低’等句甚多。李庆孙《富贵曲》云：‘轴装曲谱金书字，树记花名玉篆牌。’晏殊云：‘太乞儿相。若谙富贵者，不尔道也。’晏诗云：‘梨花院落溶溶月，柳絮池塘淡淡风。’此自然有富贵气。”

善按：前者多为暴发大户，开口金银宝贝，趣味低俗；后者世代富贵，子孙读书，将金银置之度外，趣味儒雅。

八八、嵌名诗

唐权德舆有《古人名诗》，巧妙地将人名藏于句中，如不知是人名，亦可读之流畅，录之如下：

藩宣秉戎寄，衡石崇势位。年纪信不留，弛张
良自愧。樵苏则为惬，瓜李斯可畏。不顾荣宦尊，
每陈丰亩利。家林类岩穴，负郭躬敛积。忌满宠

生嫌，养蒙恬胜智。疏钟皓月晓，晚景丹霞异。涧谷永不谖，山梁冀无累。颇符生肇学，得展禽尚志。从此直不疑，支离疏世事。

上诗每句嵌一人名，顺序为：宣秉、石崇、纪信、张良、苏则、李斯、顾荣、陈丰、林类、郭躬、满宠、蒙恬、钟皓、景丹、谷永、梁冀、符生、展禽、直不疑、支离疏。

八九、层次纵深

好诗意境深邃，往往多角度、多层次，纵深开掘，令人味之不尽。唐崔涂《春夕》七律诗，写游子暮春思乡之情。其中有“蝴蝶梦中家万里，子规枝上月三更”一联，乃传诵名句。诗人运用新奇的造语、工整的对仗、和谐的韵律，创造出一种曲折幽深的意境。上句巧写梦境。游子由于日有所思，夜间便结想成梦，梦见自己回到了万里之外的家园，然而这只不过像庄周梦见自己变成蝴蝶，翩翩飞舞于花间，虽然有趣，毕竟虚幻而短暂，醒来之后，庄周还是庄周。游子从“蝴蝶梦”中获得片刻的回乡之乐，但梦醒以后，发现自己依旧孤眠于万里之外的异乡，岂不更加空虚、失望，更加触动思乡之情！何况此时又正当“子规枝上月三更”——夜深人静，月光如水，子规鸟（即杜鹃）在月下哀哀啼唤：“子归！子归！……”听着子规啼，想着蝴蝶梦，游子的心，该有何等哀伤，真个是“一叫一回肠一断”（李白诗句）啊！这里，十四个字写了三层意思：由思乡而入梦，一层；梦醒而更思乡，二层；子规啼唤，愁上加愁，三层。这三层，一层比一层深，而且相互烘托映衬，如蝴蝶与家万里，一虚一实；蝴蝶梦与子规啼，一乐一悲；子规啼与月三更，一声一色，构成一片清冷、凄凉、愁惨的气氛，令人触目伤怀。读着这样的诗句，谁能不为这位异乡漂泊的诗人一洒同情之泪！

九〇、梅圣俞论诗

欧阳修《六一诗话》："圣俞尝语余曰：'诗家虽率意，而造语亦难。若意新语工，得前人所未道者，斯为善也。必能状难写之景如在目前，含不尽之意见于言外，然后为至矣。贾岛云"竹笼拾山果，瓦瓶担石泉"；姚合云"马随山鹿放，鸡逐野禽栖"等是山邑荒僻，宦况萧条，不如"县古槐根出，官清马骨高"为工也。'余曰：'语之工者固如是。状难写之景、含不尽之意，何诗为然？'圣俞曰：'作者得于心，览者会以意，殆难诣陈以言也，虽然，亦可略道其仿佛：若严维"柳塘春水漫，花坞夕阳迟"，则天容时态，融和骀荡，岂不如在目前乎？又若温庭筠"鸡声茅店月，人迹板桥霜"、贾岛"怪禽啼旷野，落日恐行人"，则道路辛苦，羁愁旅思，岂不见于言外乎？'"

善按：圣俞论述精辟，常被诗家引用，但《圣俞集》中未载，而由欧氏转述，弥足珍贵，故全抄于此。

九一、用字传神

李白有《金陵城西楼月下吟》，写秋天月夜登金陵（今江苏南京市）城西楼所见所感。有句云："白云映水摇空城，白露垂珠滴秋月。"上句写俯视，下句写仰视。俯视白云和城垣的影子倒映在江面上，微波涌动，恍若白云、城垣在轻轻摇荡；仰观明洁的遥空，不时垂落露珠，在月光照射下，像珍珠般晶莹，仿佛是从月亮中滴出。十四个字，把秋月下临江古城特殊的夜景，描绘得多么逼真传神！两个“白”字，在色彩上分外渲染出月光之皎洁、云天之渺茫、露珠之晶莹、江水之明净。“空”字，在气氛上又令人感到古城之夜特别静谧。“摇”、“滴”两个动词用得尤其神奇。城是不会“摇”的，但“凉风发”，水摇，影摇，给你的幻觉，城也摇荡起来。月亮是不会“滴”露珠的，但“独上高楼”，凝神仰望秋月皎洁如洗，好像露珠是从月亮身上滴下来似的。“滴”与“摇”，使整个静止的画面飞动起来，使本属平常之云、城、露、月诸多景物，一齐情态逼露，异趣横生，令人浮想联翩，为之神往。这样的描写、用字，不仅反映出浪漫主义诗人想象的奇特，也充分显示出他对大自然的敏锐感觉和细致的观察力，故能捕捉住客观景物的主要特征，“着一字而境界全出”。

九二、佳句集评

语云：“他山之石，可以攻错。”学诗须多读佳作，涵养精粹，以汲取营养，扩大眼界。清张谦宜《𫉬斋诗谈》卷三，自《闽小纪》、《书影》等书中，摘录佳句甚多，并略加评点。兹摘抄如下，对其评点有异解者，则在括号中另书。

一山在水次，经日有泉声——自然风韵。

骤惊函半损，幸露语平安——曲得人情。

明月自佳色，秋钟多远声——天然旷渺。

潮回远屿青，日簸惊涛紫——警壮绝伦。

秋草群木老，野迥乱山高——骨格殊高。

雨深烟寺晚，风急海门秋——遒劲清苍。

人醉斜阳里，莺啼细雨中——人景双清。

沙静空山雨，风香野岸花——天然佳句。

苔痕芳屐远，人去落花多——字外含情。

松声寒绕塔，竹色午过墙——画意灵机。

林枯千嶂削，烟冷半江昏——笔力甚大。

幽花不碍路，偃木自成桥——天然佳趣。

沙浅溪流碧，春深野烧青——绘景沉着。（观物细，体物精）

明月无心上，故人何日来——思通造化。

疏磬云中树，高帘雪外山——刻画雄沉。

澄江枫叶老，断壁菊花低——闲冷关心。

小雨匀溪縠，闲花落钓丝——文心入微。

秋心增夜半，雨气满孤灯——相承乃足。

百千年藓着枯树，三两点春满老枝——潇洒飘逸。

雉子推窗窥过雁，数峰乘隙入西窗——意平语新。（活泼传神）

乱山背水孤城晚，枯树临关一叶秋——地形如画。（呼应活脱）

岚气满林晴亦雨，溪声近邑夜如秋——淹润轻清。（感受逼真）

潮生远浦孤帆小，雨过苍崖古木寒——森秀壮阔。

小桥跨涧村春急，老梅吹花野店香——幽秀如画。（泥土芬芳）

青山尽处海门阔，红日上来天宇低——气色苍茫。

墙压花枝妨过客，泥深苔径唤人扶——自然高妙。

壁间写遍篱花影，云里崩来水碓声——绘空传响。（有声有色）

耳边水响停杯看，前面滩高月乱流——自然深细。（活灵活现）

南浦斜阳芳草色，东风啼鸟落花天——风流蕴藉。

花深门径人稀到，帘卷春风燕自来——幽细从容。

流泉激石常飞雨，灵草经寒不断香——秀丽无比。

花开暮雪人归后，香满寒亭月上时——咏梅高调。

客中候晓霜如月，马上逢春草似烟——色相通微。

微风山郭酒帘动，细雨江亭燕子飞——小景会心。

几处啼猿湘水暮，一行寒雁洞庭秋——借地生姿。

谁家园榭青霞外，几树梧桐白露中——侧注相承。

袖里怪风藏石子，墙边破寺出桃花——语险意新。

好山当牖日初上，芳草满园人未归——情在景中。

疏灯独夜闻孤雁，明月空山泣子规——不堪着想。

草色池塘看细雨，杏花帘幕动春寒——初春妙景。

九三、用典奥妙

清方东树《昭昧詹言》卷二十一："用典全贵能化。大家用事，全不见饾饤之迹。大抵质用不如借用，明用不如暗用，正用不如翻用，整用不如拆用，顺直不如侧逆；腐者新，板者活，生者熟；直者揉之，散者炼之；以我用事，不为事所用。"

又云："诗有用事习熟者宜戒. 如吹笛用落梅、折柳，《子夜歌》用莲子，梧桐用凤凰。须用，翻新为妙耳。”

九四、太白忧愤

号称“诗仙”的李太白，生当大变革的唐帝国由盛转衰的历史时期，经历了人情冷暖、世态炎凉，内心有无限烦忧，在诗中吐露出来：“人心若波澜，世路有屈曲”；“斗酒强然诺，寸心终自疑”；“长绳系白日，自古共悲辛”；“世路如秋风，相逢尽萧索”；“空手无壮士，穷居使人低”；“处世若大梦，胡为劳其生”；“弃我去者昨日之日不可留，乱我心者今日之日多烦忧”。但李白毕竟是一个乐观自强的人，他在抒忧的同时，自我振作，他坚信“天生我材必有用，千金散尽还复来”。他追求的是真感情：“归时莫洗耳，为我洗真心。洗心得真情，洗耳徒买名。”

九五、白居易人生感悟名句

白居易历练人生，洞察世情，诗中有很多人生感悟名言，发人深思，如：“人生苟有累，食肉常如饥；我心既无苦，饮水亦可肥”；“吾观权势者，苦以身徇物。炙手外炎炎，履冰中历历”；“老色日上面，欢情日去心。今既不如昔，后当不如今”；“穷巷厌多雨，贫家愁早寒”；“病身无所用，惟解卜阴晴”；“婚嫁累轻何怕老，饥寒心惯不忧贫”；“为文彼何人，想见下笔时。但欲愚者悦，不思贤者嗤”；“号为羡余物，随月献至尊。夺我身上暖，买尔眼前恩”；“谁能将我语，问尔骨肉间。岂无贫贱者，忍不救饥寒”；“低头独长叹，此叹无人喻。一丛深色花，十户中人赋”；“处处伤心心始悟，多情不及少情人”。

九六、香山点睛

白居易《初到忠州》云：“吏人生硬都如鹿，市井萧疏只抵村。”《余杭胜景》云：“绕郭荷花三十里，拂城松树一千株。”在苏州写的《正月三日闲行》云：“绿浪东西南北水，红栏三百九十桥。”忠州、杭州、苏州之景貌，两句包括，一穷陋，一清雅，一富丽繁华，如在目前，真“点睛”之笔也。

九七、杜牧咏扬州

杜牧久居扬州，常写扬州，善言扬州，如：

“谁知竹西路，歌吹是扬州。”——《题扬州禅智寺》

“谁家唱《水调》，明月满扬州。”——《扬州三首》之一

“二十四桥明月夜，玉人何处教吹箫。”——《寄扬州韩绰判官》

“春风十里扬州路，卷上珠帘总不如。”——《赠别》二首之一

“十年一觉扬州梦，赢得青楼薄倖名。”——《遣怀》

“细柳桥边深半春，缬衣帘里动香尘。”——《倡楼戏赠》

“街垂千步柳，霞映两重城。天碧台阁丽，风凉歌管清。”——《扬州三首》之三

九八、写诗经验

清延寿《老生常谈》:"作诗先要能下死功夫……工部之'语不惊人死不休'可证。当以气为主,电掣雷轰,不及于耳。人称石曼卿诗如饥鹰乍归,迅速不可言,东坡之'笔所未到气已吞'可证。临时还须审视巧拙,然后落笔,一发则中其要害,昌黎之'盘马弯弓惜不发'可证。脱稿后,又当细细推敲,隔日再视,隔数日、隔年余再视,事过情迁,阅之尚如冷水浇背,陡然一惊,是一团精诚之气,结于纸上,便永远不可磨灭。订全集时,当虚心与朋友商其去取,妙能割爱。工部之'晚节渐于诗律细'可证。历观古人所云,此是何等郑重事,可轻心掉弄?如只是掠影浮光,天下何者不可为,必要做诗?"

九九、诗格举例

壮——曹操《龟虽寿》:"老骥伏枥,志在千里;烈士暮年,壮心不已。"

健——张祜《登广武原》:"广武原西北,华夷此浩然。地盘山入海,河绕国连天。远树千门色,高樯万里船。乡心日云暮,犹在楚城边。"

清——谢庄《北宅秘园》:"夕天霁晚气,轻霞澄暮阴。微风清幽幌,余日照青林。收光渐窘歇,穷园自荒深。绿地翻素景,秋槐响寒音。伊人倘同爱,弦酒共栖寻。"

新——李白《秋登宣城谢朓楼》:"江城如画里,山晓望晴空。两水夹明镜，双桥落彩虹。人烟寒橘柚，秋色老梧桐。谁念北楼上，临风怀谢公。”

秀——孟浩然《题义公禅房》：“义公习禅寂，结宇依空林。户外一峰秀，阶前众壑深。夕阳连雨足，空翠落庭阴。看取莲花净，方知不染心。”

逸——储光羲《张谷田舍》：“县官清且俭，深谷有人家。一径入寒竹，小桥穿野花。碓喧春涧满，梯绮绿桑斜。自说年来稔，前村酒可赊。”

奇——王维《送方尊师归嵩山》：“仙官欲往九龙潭，垂节朱幡倚石龛。山压天中半天上，洞穿江底出江南。瀑布松风常带雨，夕阳彩翠忽成岚。借问迎来双白鹤，已曾衡岳送苏耽。”（以上语奇）元稹《放言》：“霆轰电蜓数声频，不奈狂夫不藉声。纵使被雷烧作烬，宁殊埋骨扬为尘？得成蝴蝶寻花树，倘化江湖下锦鳞。必若乘龙在诸处，何须惊动自来人。”（以上意奇）杜甫《白帝城最高楼》：“城尖径仄旌旆愁，独立缥缈之正楼。峡坼云霾龙虎队，江清日抱鼋鼍游。扶桑西枝对断石，弱水东影随长流。杖藜叹世者谁子？泣血迸空回白头。”（以上格奇）

丽——杜甫《曲江对雨》：“城上青云覆苑墙，江亭晚色静年芳。林花着雨胭脂湿，水荇牵风翠带长。龙武新军深驻辇，芙蓉别殿漫焚香。何时诏此金钱会？暂醉佳人锦瑟傍。”

瘦——刘禹锡《逢郴州使因寄郑协律》：“相思楚天外，梦寐楚猿吟。更落淮南叶，难为江上心。衡阳问人远，湘水向君深。欲逐征帆去，茫茫何处寻。”

深——杜甫《秋兴》“瞿塘峡口曲江头，万里风烟接素秋。花萼夹城通御气，芙蓉小院入边愁。珠帘绣柱围黄鹤，锦缆牙樯起白鸥。回首可怜歌舞地，秦中自古帝王州。”

曲——高适《送郑侍御谪闽中》：“谪去君无恨，闽中我旧过。大都秋雁少，只是夜猿多。东路云山合，南天瘴疠和。自当逢雨露，行矣慎风波。”

严——王维《从岐王过扬子别业应教》：“扬子谈经处，淮王载酒过。兴阑啼鸟缓，坐久落花多。径转回银烛，林开散玉珂。严城时未启，前路拥笙歌。”

沈雄——杜甫《秋兴》：“昆明池水汉时功，武帝旌旗在眼中。织女机丝虚夜月，石鲸鳞甲动秋风。波漂菰米沈云黑，露冷莲房坠粉红。关塞极天惟鸟道，江湖满地一渔翁。”

豪宕——柳宗元《登柳州城寄汀漳封建四州刺史》：“城上高楼接大荒，海天愁思正茫茫。惊风乱飐芙蓉水，密雨斜侵薜荔墙。岭树丛遮千里目，江流曲似九回肠。共来百粤文身地，犹自音书滞一方。”

典重——张说《恩敕丽正殿书院宴应制》：“东壁图书馆，西园翰墨林。诵《诗》闻国政，讲《易》见天心。位窃和羹重，恩叨醉酒深。载歌春兴曲，情竭为知音。”

俊爽——王维《观猎》：“风劲角弓鸣，将军猎渭城。草枯鹰眼疾，雪尽马蹄轻。忽过新丰市，还归细柳营。回看射雕处，千里暮云平。”

明净——杜甫《陪诸贵公子丈八沟携妓纳凉晚际风雨》：“落日放船好，轻风生浪迟。竹深留客处，荷尽纳凉时。公子调冰水，佳人雪藕丝。片云头上黑，应是雨催诗。”又卢纶《夜投半德寺谒液上人》：“半夜中峰有磬声，偶逢樵者问山名。上方月晓闻僧语，下界林疏见客行。野鹤巢边松最老，毒龙潜处水偏清。愿得远公知姓字，焚香洗钵过浮生。”

以上综合历代诗话所述，加以疏理，聚木成林，俾可统观大概耳。

一〇〇、孟郊哭贫诗

严羽云：“孟郊诗刻苦，读之令人不欢。”（见《沧浪诗话》）其诗如《怨别》：“一别一回老，志士白发早。在富易为客，居贫难自好。”《病中吟》：“主人夜呻吟，皆入妻子心。远客昼呻吟，徒为虫鸟音。妻子手中病，愁思不复深。僮仆手中病，忧危独难任。”《秋怀》：“孤骨夜难卧，吟虫相唧唧。老泣无涕泪，秋露为滴沥。”《答韩愈李观别》：“富别愁在颜，贫别愁销骨。”《哭李观》：“志士不得老，多为直气伤。”……读之令人心烦意躁。无怪韩愈《赠贾岛》云：“孟郊死葬北邙山，日月星辰顿觉闲。”继郊者乃岛，故韩诗后二句云：“天恐文章中断绝，再生贾岛到人间。”

一〇一、韦应物“恤人之心”

朱子云：“苏州高于王维、孟浩然诸人，以其无声色臭味也。”刘辰翁云：“应物居官自愧，闵闵有恤人之心。其诗如深山采药，饮泉坐石，日晏忘归。与孟浩然虽意趣相似，而出处不同。”（以上转引自清余成教《石园诗话》卷一）

善按：韦应物悯民诗句有：“身多疾病思田里，邑有流亡愧俸钱”；“自惭居处崇，未睹斯民乐”；“贫贱虽异等，出门皆有营”；“裁此百日功，唯将一朝舞。舞罢复裁新，岂思劳者苦”。韦之写景诗亦沁人心脾，如“乔木生夏凉，流云吐华月”；“寒雨暗深更，流萤度高阁”；“落叶满空山，何处寻行迹”；“浮云一别后，流水十年间”；“寒山独过雁，暮雨远来舟”；“寒树依微远天外，夕阳明灭乱流中”；“怪来诗思清人骨，门对寒流雪满山”。

一〇二、诗之“五可”、“六要”

清王寿昌《小清华园诗谈》卷上：“诗有六要：心要忠厚，意要缠绵，语要含蓄，义要分明，气度要和雅，规模要广大。”又“五不可失：丽不可失之艳，新不可失之巧，淡不可失之枯，壮不可失之粗豪，奇不可失之穿凿”。又“五可五不可：可颂不可谀，可刺不可讪，可怨不可疾，可乐不可淫，可哀不可伤”。

一〇三、诗之“三要”

清王寿昌《小清华园诗谈》论述诗之“三要”：

诗要三真：言情真，写境真，记事真。

诗要三超：识见超，气象超，语意超。

诗要三深：情深，意深，味深。

诗要三浅：意深而语浅，炼精而色浅，学博而用浅。

诗要三严：纪律严，对仗严，弃取严。

诗要三宽：声病无碍者宜宽，俗论太刻者宜宽，瑜多瑕少者宜宽。

诗要三留：留好意以待发挥，留好字以助警策，留好韵以振精神。

诗要三不尽：景尽情不尽，语尽意不尽，兴尽味不尽。

诗要三可惜：故事可惜，字意可惜，古人句可惜。

诗要三不欲胜：文不欲胜质，境不欲胜情，情不欲胜理。

一〇四、《梦游天姥吟留别》析

清延君寿《老生常谈》："《梦》诗奇离惝恍，似无门径可寻。细玩之，起首入梦不突，后幅出梦不竭，极恣肆幻化之中，又极经营惨淡之苦……一起淡淡引入，至'我欲因之梦吴越'句，乘势即入，使笔如风，所谓缓则按辔徐行，急则短兵相接也。'湖月照我影'八句，他人捉笔，可谓已尽能事矣，岂料后边尚有许多奇奇怪怪。'千转万转'二韵，用仄声一束，以下至'仙之人兮'句，转韵不转气，遂成鞭山倒海之能，读之似未转韵者，有真气行乎其间也。此妙可心悟不可言喻。出梦时'忽魂惊以魄动'四句，似亦可以收煞得住，试想若不再足以'世间行乐'二句，非当喝起不醒，抑亦尚欠圆满。'且放白鹿'二句，一纵一收，用笔灵妙不测，后来惟东坡解此法，他人多昧昧耳。"又云："读古人书，无论前人是作何解，我定细细去体会一番，自家落笔，久之，庶有投之所向无不如意之妙。"

善按：《梦游天姥吟留别》结尾云："别君兮何时还，且放白鹿青崖间，须行即骑访名山。安能摧眉折腰事权贵，使我不得开心颜。"是窥视这篇恍惚莫测作品的开门钥匙。此诗为李白赐金还山后之作。他作为文学弄臣在朝三年，对卑污的满朝权贵深感厌恶，对沉迷酒色、不能任用贤能的唐玄宗深感失望，他怀着怀才不遇的痛苦心情，毅然走出长安。故此诗重点乃是写理想幻灭后的痛苦和挣扎，表现出诗人硬骨头精神和对自由美好境界的向往。

一〇五、贯休诗

《老生常谈》："贯休诗是三唐好手，不仅冠于诸僧也。《临高台》云：'凉风吹远念，使我升高台。宁知数片云，不是旧山来？'《古离别》云：'离恨如旨酒，古今饮皆醉。只恐长江水，尽是儿女泪。'此种妙思，非太白不能。《战城南》云：'万里桑干旁，茫茫古蕃壤。将军貌憔悴，抚剑怨年长。胡马尚陵逼，久住亦非强。邯郸少年人，个个有伎俩。拖枪半夜去，雪片大如掌。'诗有奇气，绝不同于貌肖古人。《古意》云：'乾坤有佳气，散入诗人脾。'尤是慧根人语。"

一〇六、宋僧惠洪诗

惠洪诗学贯休，宋诗人中亦堪称妙手。其七律殊佳，佳句如："盘空路作惊蛇去，落日人如冻蚁行"；"永与世遗他日志，尚嫌山浅暮年心"；"不知门外山花发，但觉君来笑语香"；"山好已无归国梦，老闲犹有读书心"；"一轩秋色侵衣重，半夜波声拍枕来"；"枕中柔橹惊乡梦，门外秦淮涨夜潮"。笔墨清疏，勾画入骨，读之令人神清气爽。

一〇七、《全唐诗》统计

清康熙御制《全唐诗》，收作者二千二百六十余人，得诗四万八千九百三十余首，分九卷。康熙四十六年(1707)四月，通政使司臣曹寅监刻。

1982 年 7 月，中华书局出版《全唐诗外编》上下二册，上册为王重民《补全唐诗》、《敦煌唐人诗集残卷》；孙望《全唐诗补逸》，收诗近八百篇，分二十卷。下册为童养年《全唐诗续补遗》，得诗一千余首，摘句二百三十以上，词三十首，编为二十一卷。

一〇八、冒春荣论绝句

清冒春荣《葚原诗说》之三论绝句曰："《诗法源流》曰：'绝句者，截句也。后两句对者是截律诗前四句，前两句对者是截律诗后四句(前者如杜甫"岐王宅里寻常见，崔九堂前几度闻。正是江南好风景，落花时节又逢君"。后者如杜审言"知君书记本翩翩，为许从戎赴朔边？红粉楼中应计日，燕支山下莫经年")；皆不对者是前后各截两句，皆对者为取中间两联(前者如韩翃"春城无处不飞花，寒食东风御柳斜。日暮汉宫传蜡烛，轻烟散入五侯家"。后者如"两个黄鹂鸣翠柳，一行白鹭上青天。窗含西岭千秋雪，门泊东吴万里船")。'此说相沿已久，亦非定论。愚谓绝句首尾布置，以四句为起承转合，与律诗作法不同。律诗要句律春容，布置匀称；绝句则字字谨严，意思圆活。或谓律诗截前四句则无转合，截后四句则无起承；截中间者诗固有之，若截首尾，恐前二句散缓，后二句必不相应也。”

善按：绝句的前对、后对及四句皆对或四句皆不对四种形式，因与律诗字面近似，故前人以为绝句从律诗截来，其实绝律各有其自身起承转合结构，并非谁截谁。

冒氏又云：“绝句之法，要婉曲回环，句绝而意不绝。多以第三句为主，而第四句发之。有实接，有虚接，承接之间，开与合相关，反与正相依，顺与逆相应，一呼一吸，宫商自谐。大抵起承二句固难，然不过平直叙起，从容承之；至如婉转变化工夫，全在第三句，若于此转变得好，则第四句如顺流之舟矣。”

又云：“七言绝句，以体近情遥、含吐不露为主。只写眼前景、口头语，而有弦外音、味外味，神气超然，太白有焉。”

又云：“明李沧溟论七言绝句，推王昌龄‘秦时明月’为第一，王凤洲推王翰‘蒲萄美酒’为第一。国朝王渔洋则推王维之‘渭城’，李白之‘白帝’，王昌龄之‘奉帚平明’，王之涣之‘黄河远上’。盖沧溟、凤洲主气，渔洋主神，各自有见。归愚沈氏谓李益之‘回乐峰前’、柳宗元之‘破额山前’、刘禹锡之‘山围故国’、杜牧之‘烟笼寒水’、郑谷之‘扬子江头’诸作，亦甚接武。”

一〇九、以乐器比各类诗

清管世铭《读雪山房唐诗序例》以乐器比附各类诗甚妙：“五言古诗，琴声也，醇至澹泊，如空山之独往。七言歌行，鼓声也，屈蟠顿挫，若渔阳之怒挝。五言律诗，笙声也，云霞缥缈，疑鹤背之初传。七言律诗，钟声也，震越浑镗，似蒲牢之作吼。五言绝句，磬声也，清深促数，想羁馆之朝击。七言绝句，笛声也，曲折缭亮，类羌城之暮吹。”

一一〇、五绝佳篇

清管世铭《读雪山房唐诗序例》论五绝云：“八音之内，磬最难和，以其促数而无余韵也。可以悟五言绝句之妙。”

善按：五绝二十字，要写得愈促愈缓，优柔不迫，含蓄有味，言少意多，方为佳篇。如崔颢《长干曲》：“君家在何处？妾住在横塘。停船暂借问，或恐是同乡。”宛如乘舟江上，听儿女问答，有天籁之妙。司空曙之《别卢秦卿》（“知有前期在”），金昌绪之《伊州歌》（“打起黄莺儿”），贾岛之《寻隐者不遇》（“松下问童子”），朱放之《题竹林寺》（“岁月人间促”），薛莹之《秋日湖上》（“落日五湖游”），或天真浪漫，或寄意深微，或激楚动人。至于李白之《独坐敬亭山》、王之焕的《登鹳雀楼》、孟浩然的《春眠》、王维之《竹里馆》，则更为五绝中的翘楚之作，千百年来脍炙人口。

一一一、起句与结句

律诗起句须工于发端，以峥嵘有势或别开生面为佳。七律如杜甫“群山万壑赴荆门，生长明妃尚有村”；“花近高楼伤客心，万方多难此登临”。韩愈“一封朝奏九重天，夕贬潮州路八千”。柳宗元“十年憔悴到秦京，谁料翻为岭外人”。欧阳修“春风疑不到天涯，二月山城未着花”。明世宗

"大将南征胆气豪，腰横秋水雁翎刀"。五律如杜审言"北斗挂城边，南山倚殿前"。张说"东壁图书馆，西园翰墨林"。李白"青山横白郭，白水绕东城"。杜甫"何年顾虎头，满壁画沧洲"。孟浩然"昔闻洞庭水，今上岳阳楼"；"八月湖水平，涵虚混太清"。

结句以含蓄蕴藉，语尽意不尽为贵。七律如李白"总为浮云能蔽日，长安不见使人愁"。杜甫"王师未报收东部，城阙秋深画角哀"；"同学少年多不贱，五陵裘马自轻肥"。柳宗元"今朝不用临河别，垂泪千行便濯缨"。白居易"共看明月应垂泪，一夜乡心五处同"。戴复古"数点渔灯依古岸，断桥垂露滴梧桐"。陆游"欲舒老眼无高处，安得元龙百尺楼"。黄庭坚"贤愚千载知谁是，满眼蓬蒿共一丘"。五律如李白"挥手自知去，萧萧斑马鸣"。王维"欲投何处宿，隔水问樵夫"。杜甫"片云头上黑，应是雨催诗"。高适"床头一壶酒，能更几回眠"。丁仙芝"更闻枫叶下，淅沥度秋声"。

一一二、"三上"诗

清翁方纲《石洲诗话》卷二："欧阳修言平生作文，得自'三上'。予尝对谓义山诗殆兼有之：'郁金堂上画楼东'，厕上诗也；'天上真龙种'，马上诗也；'卧后清宵细细长'，枕上诗也。"

善按：余作诗文，亦尝在厕上获得灵感；尤其是夜深卧床，常得好句，往往亮灯速记。盖厕上、枕上，乃思绪最集中时，故文思甚畅。

一一三、东坡咏茶诗

杨万里盛赞东坡咏茶诗，谓有“无穷之味”。杨云：“东坡《煎茶》诗云：‘活水还将活火烹，自临钓石汲深清。’第二句七字而具五意：水清，一也；深处清，二也；石下之水，非有泥土，三也；石乃钓石，非寻常之石，四也；东坡自汲，非遣卒奴，五也。‘大瓢贮月归春瓮，小杓分江入夜瓶。’其状水之清美极矣，‘分江’二字，此尤难下。‘雪乳已翻煎处脚，松风仍作泻时声。’此倒语也，尤为诗家妙法，即少陵‘红稻啄余鹦鹉粒，碧梧栖老凤凰枝’（按上两句顺叙为‘煎处已翻雪乳脚，泻时仍作松风声’）也。‘枯肠未易禁三碗，卧听山城长短更。’又翻却卢仝公案（指按卢仝《七碗茶》诗），仝吃到七碗，坡不禁三碗。山城更漏无定，‘长短’二字，有无穷之味。（尾句意指茶喝多了，精神亢奋，夜不能眠）。”

一一四、不约而合

宋范晞文《对床夜语》卷四：“诗人发兴造语，往往不约而合。如‘雨中山果落，灯下草虫鸣’，王维也；‘树初黄叶日，人欲白头时’，乐天也；司空曙有云：‘雨中黄叶树，灯下白头人。’句法王而意参白，然诗家不以为袭也。”

善按：因各自立意有别，故不以为袭。三人之句，以司空句最有情致，组合也最佳，故为名句。

一一五、睹木兴叹

触景生情，睹物兴叹，诗家共有之怀。然在物类中，有的物兴衰变化易见，就格外令人兴叹，如树木就是如此，故睹木兴叹之诗甚多。宋吴幵《优古堂诗话》举例："魏文帝《柳赋》：'在予年之二七，植斯柳乎中庭。始围寸而高尺，今连拱而九成。'桓温北伐，经金城，见为瑯琊时种柳，皆已十围，慨然曰：'木犹如此，人何以堪！'乃知睹木兴叹，代有之矣。按《广州人物志》载：苏颋年五岁，裴谈过其父，试诵庾信《枯树赋》，颋避'谈'字，易其韵曰：'昔年移柳，依依汉阴。今看摇落，凄怆江浔。树犹如此，人何以任？'文忠诗云：'人昔共游今孰在，树犹如此我何堪？'荆公诗：'道人从何来？问松我东冈。举手指屋脊，云今如许长。'刘斯立诗云：'麦垄漫漫宿蒿黄，新苗寸寸未禁霜。手中马箠余三尺，想见归时如许长。'意皆相沿以生也。"

一一六、杜诗集大成

宋张戒《岁寒堂诗话》卷上："王介甫只知巧语之为诗，而不知拙语亦诗也。山谷只知奇语之为诗，而不知常语亦诗也。欧阳公诗专以快意为主，苏端明诗专以刻意为工，李义山诗只知有金玉龙凤，杜牧诗只知有绮罗脂粉，李长吉诗只知有花草蜂蝶，而不知世间一切皆诗也。惟杜子美则不然，在山林则山林，在廊庙则廊庙，遇巧则巧，遇拙则拙，遇奇则奇，遇俗则俗，或放或收，或新或旧，一切物，一切事，一切意，无非诗者，故曰‘吟多意有余’，又曰‘诗尽人间兴’，诚哉是言。”

一一七、集句之始

明杨慎《升庵诗话》卷一：“晋傅玄作《七经》诗，其《毛诗》一篇略云：‘聿修厥德，令终有淑。勉尔遁思，我言维服。盗言孔甘，其何能淑。谗人罔极，有觍面目。’此乃集句诗之始。或谓集句起于王安石，非也。”

善按：上诗“聿修厥德”出《诗·大雅·文王》；“令终有淑”出《诗·大雅·生民》；“勉尔遁思”出《诗·小雅·白驹》；“我言维服”出《诗·大雅·板》；“盗言孔甘”出《诗·小雅·巧言》；“其何能淑”出《诗·大雅·柔桑》；“谗人罔极”出《诗·小雅·青蝇》；“有觍面目”出《诗·小雅·何人斯》。

一一八、晋僧帛道猷名句

明杨慎《升庵诗话》卷六：“晋世释子帛道猷，有《陵峰采药》诗曰：‘连峰数十里，修林带平津。茅茨隐不见，鸡鸣知有人。’此四句古今绝唱也，有石刻在沃州岩。按《弘明集》亦载此诗，本八句，其后四句不称，独刻此四句，道猷自删之耶，抑别有高人定之耶？”

善按：晋释帛道猷此四句诗，将深山老林寂静而神秘的景色和气氛，生动地显现出来，的确为古今之绝唱。可见吟诗不在多，而在精，少而精最可贵。

一一九、捶碎黄鹤楼

明杨慎《升庵诗话》卷十一："李太白过武昌，见崔颢《黄鹤楼》诗，叹服之，遂不复作，去而赋《金陵凤凰台》。其事本如此。其后禅僧用此事作一偈云：'一拳捶碎黄鹤楼，一脚踢翻鹦鹉洲。眼前有景写不得，崔颢题诗在上头。'旁一游僧亦举前二句而缀之曰：'有意气时消意气，不风流处亦风流。'又一僧曰：'酒逢知己，艺压当行。'元是借此事设辞，非太白诗也，流传之久，信以为真。宋初，有人伪作太白《醉后答丁十八》诗云：'黄鹤高楼已捶碎'一首，乐史编太白遗诗，遂收入之。近日解学士缙作《吊太白》诗云：'也曾捶碎黄鹤楼，也曾踢翻鹦鹉洲。'殆类优伶副净滑稽之语。噫，太白一何不幸耶！"

善按：历来传李白见崔颢《黄鹤楼》诗，钦佩之至，题诗云："眼前有景写不得，崔颢题诗在上头。"其实乃好事者误传，后人竟信以为真，读此则可明真相矣。

一二〇、月黄昏

林逋《梅》诗："疏影横斜水清浅，暗香浮动月黄昏。"《升庵诗话》引《苇航纪谈》云："'黄昏'以对'清浅'，乃两字非一字也。月黄昏，谓夜深香动，月为之黄而昏，非谓人定时也。盖昼午后，阴气用事，花房敛藏；夜半后，阳气用事，而花敷蕊散香。凡花皆然，不独梅也。"

善按：此说有人批驳。明俞弁《逸志堂诗话》卷上："余意此说为非。梅花诗往往多用月落参横字，但冬季黄昏时参横已见，至丁夜则没矣。和靖得此意乎。”二说皆表述未清。余意“月黄昏”乃指黄昏月上时倒映出梅树参差之倩影。

一二一、绝句之难

明王世贞《艺苑卮言》卷一：“绝句固自难，五言尤甚，离首即尾，而腰腹亦自不可少。妙在愈小而大，愈促而缓。吾尝读《维摩经》得此法：一丈室内，置恒河沙诸天宝座，丈室不增，诸天不减，又一刹那定作六十小劫。须如是乃得。”

善按：绝句之难，在于以小见大，以少概多。非构思精巧，笔墨洗练，不可达也。

一二二、咏花遭祸

明俞弁《逸志堂诗话》卷上：“刘梦得咏玄都桃花而被谪。李繁咏东门柳，杨国忠谓其讥己而得祸。刘后村《咏落梅》诗，有‘东君谬掌花权柄，却忌孤高不主张’，谗者笺其诗以示柄臣，由是闲废十年。后村有《病后访梅十绝句》，其一云：‘梦得因桃却左迁，长源为柳忤当权。幸然不识桃与李，也被梅花累十年。’人谓简斋《题墨梅》而致魁台，后村《咏落梅》而罹废黜。噫！诗之幸与不幸，有如此夫！”

善按：捕风捉影，无限上纲，以酿文祸，虽古已有之，但比之“文革”十年极“左”之所为，则真可谓小巫见大巫。“文革”时，上海美术界曾开会批判翘尾大公鸡画。余曾有诗讽刺云："清平世界本无事，上线上纲处处疑。高翘尾巴心叵测，画坛狠斗大公鸡。"

一二三、诗贵立意

明李东阳《麓堂诗话》："诗贵意。意贵远不贵近，贵淡不贵浓。浓而近者易识，淡而远者难识。如杜子美'钩帘宿鹭起，丸落流莺啭'，'不通姓字粗豪甚，指点银瓶索酒尝'，'衔泥点涴琴书内，更接飞虫打著人'；李太白'桃花流水杳然去，别有天地非人间'；王摩诘'返景入深林，复照莓苔上'，皆淡而愈浓，近而愈远。可与知者道，难与俗人言。王介甫得之，曰：'坐看苍苔色，欲上人衣来。'虞伯生得之，曰：'不及清江转柁鼓，洗盏船头沙鸟鸣。'曰：'绣帘美人时共看，阶前青草落花多。'杨廉夫得之，曰：'南高峰云北高雨，云雨相随恼杀侬。'可谓闭户造车，出门合辙者矣。"

善按：意贵淡远。"淡远"二字，乃立意最高境界，然亦最难企及。

一二四、诗序

方东树《昭昧詹言》卷二十一："元次山苦直易详尽，无余可蓄。又往往题佳于诗，使观者失望于诗。又有诗复于序之病，人皆喜其序，予正嫌其多一序也。序与诗宜互见，不宜重见，详略异同自有法。"

善按：诗序应慎用。其诗背景必须交待者，可在序中言明。诗意明白，则不需作序，画蛇添足。若诗序写得文质彬彬，耐人赏读，而诗的本身却淡然乏味，则喧宾夺主，为诗家大忌。

一二五、学诗六关

清方东树论述学诗须过六关：“凡学诗之法：一曰创意艰苦，避凡俗浅近习熟迂腐常谈，凡人意中所有。二曰造言，其忌避亦同创意，及常人笔下皆同者，必别造一番言语，却又非以艰深文浅陋，大约皆刻意求与古人远。三曰造字，必避旧俗，亦不可僻。以谢鲍为法，用字必典。用典又避熟典，须换生。又虚字不可随手轻用，须老而古法，四曰隶事避陈言，须如韩公翻新用。五曰文法，以断为贵。逆摄突起，峥嵘飞动，倒挽不许一笔平脱挨接，入不言，出不辞，离合虚实，参差伸缩。六曰章法。章法有见于起处，有见于中间，有见于末收；或以二句顿上起下，或以二句横截。然此皆粗浅迹……无不变化入妙，不可执著。”

善按：作诗虽有六关，但焦点只一：创新。从立意到表现手法、用词造句，总要讲求一个“新”字，方可入上乘。

一二六、吊古诗

清王寿昌《小清华园诗谈》卷下：“吊古之诗，须褒贬森严，具有《春秋》之义。使善者足以动后人之景仰，恶者足以垂千秋之炯戒。如左太冲之《咏史》，则曰‘何世无奇才，遗之在洲泽’，不胜动人以遗贤之忧；李太白之《怀祢衡》，则曰‘才高竟何施？寡识冒天刑’，不禁深入以恃才之惕；谢宣城之《孙权城》，‘感盛衰于倏忽，知书轨之荐必同’；杜少陵之《九成宫》，‘慨遗迹于雕墙，见夏、殷之鉴不远’。他如《蜀相》及李商隐之《隋宫》、温庭筠之《苏武庙》，其凄恻既足以动人，其抑扬复足以惩劝，犹有诗人之遗意也。至若刘禹锡之《西塞山怀古》（王濬楼舟……），令人凛然知忧来之无方，祸至之无日，而且患预防之心，不可不日加惕也。吁，至矣！”

善按：吊古诗必着眼于今，能吊古愁今，古为今用，方佳。

一二七、拟古诗

清王寿昌《小清华园诗话》卷下：“拟古贵得其神，而后求之气韵，而后求之趣味，而后求之格调，而后求之于语意之间。太白拟古而不似古，苏州效陶而不似陶……惟陶征君《拟古》：‘荣荣窗下兰，密密堂前柳。初与君别时，不谓行当久。出门万里客，中道逢佳友。未言心先醉，不在接杯酒。兰枯柳亦衰，遂令此言负。多谢诸少年，相知不忠厚。意气倾人命，离隔复何有？’虽不规规揣称，而神韵自不减于古人。”

清方东树《昭昧詹言》：“渊明《拟古》，是用古人格，作自家诗。”

善按：借古人酒杯，浇自家块垒。借古言己，借古言今，乃拟古之要诀。

一二八、咏物须切、工、精、妙

清王寿昌《小清华园诗谈》卷下："从来咏物之诗，能切者未必能工，能工者未必能精，能精者未必能妙。李建勋《落花》诗：'惜花无计又花残，独绕芳丛不忍看。暖艳动随莺翅落，冷香愁杂燕泥干。绿珠倚槛魂初上，巫峡归云梦又阑。忍把一樽重命乐，送春招客亦何欢。'切矣而未工也。罗隐《牡丹》：'似共东风别有因，绛罗高卷不胜春。若教解语应倾国，任是无情亦动人。芍药与君为近侍，芙蓉何处避芳尘？可怜韩令功成后，孤负秾华过此身。'工矣而未精也。雍陶《咏双白鹭》：'双鹭应怜水落池，风飘不动顶丝垂。立当青草人先见，行傍白莲鱼未知。一足独拳寒雨里，数声相叫早秋时。林塘得尔须增价，况与诗人物色宜。'精矣而未妙也。郑谷《鹧鸪》：'暖戏烟芜锦翼齐，品流应得近山鸡。雨昏青草湖边过，花落黄陵庙里啼。游子乍闻征袖湿，佳人才唱醉眉低。相呼相约湘江阔，苦竹丛深春日西。'暨杜牧之'金河半夜虏弦开，云外惊飞四散哀。仙掌月明孤影过，长江灯暗数声来。须知胡骑纷纷在，岂逐春风一一回？莫厌潇湘人少处，水多菰米岸莓苔。'(《早雁》)如此等作，斯为能尽其妙耳。"

善按：后二诗之所以称"妙"，盖因物中有我，以物写我，物我浑然。若前数首，写物虽工，然为咏物而咏物，总少人情，故非上品。

一二九、贵有识见

清杨继昌《国朝诗话》卷一："作诗贵有达识。严陵钓台诗，往往说成千古人品只有隐逸，甚而揶揄光武，菲薄云台，尤可哂也。辽阳苏小眉（良嗣）七言古诗结云：'试想羊裘老子（指严陵）非熊公（姜子牙），隐显虽殊道则同。丈夫遭遇各有命，何事拘牵形迹中！'最为豁达。"

善按：写严陵钓台诗，而不落一味赞隐居、鄙出仕之俗意，而说出隐与仕虽殊途，而追求人间正道则一致。赞其"豁达"，恰如其分也。

一三〇、诗杂仙心

清余成敖《石园诗话》卷一："太白诗'海风吹不断，江月照还空'、'香云遍山起，花雨从天来'、'清风明月不用一钱买，三山自倒非人推'、'尧舜之事不足惊，自余嚣嚣直可轻'、'我且为君捶碎黄鹤楼，君亦为我倒却鹦鹉洲'、'洞天石扉，訇然中开。青冥浩荡不见底，日月照耀金银台。霓为衣兮风为马，云之君兮纷纷而来下。虎鼓瑟兮鸾回车，仙之人兮列如麻'、'青天有月来几时？我今停杯一问之'，此种句法，所谓诗杂仙心。'烟花宜落日，丝管醉春风'、'宫花争笑日，池草暗生春'、'海上碧云断，单于秋色来'、'山随平野尽，江入大荒流'、'犬吠水声中，桃花带雨浓'、'黄鹤高楼月，长江万里情'，齿颊之间，俱带仙气。"

善按：诗人情怀浪漫，想象奇特，超出常人，所写景物非人世常景，故读其诗，如涉身仙界，不食人间烟火食。此即所谓“仙心”也。

一三一、借叶衬花

清李调元《雨村诗话》卷下：“诗有借叶衬花之法。如杜诗‘今夜鄜州月，闺中只独看’，自应说闺中之忆长安，却接‘遥怜小儿女，未解忆长安’，此借叶衬花也。总之，古人善用反笔，善用傍笔，故有伏笔，有起笔，有淡笔，有浓笔。”

善按：以小儿女“未解忆长安”，衬托妻子“解忆”，故下面突出妻子月下久久思夫：“香雾云鬟湿，清辉玉臂寒。”

一三二、诗忌滥作

清李沂《秋星阁诗话·指陋习》云：“滥用者由欲广声气，故索之即应，有以介寿索者，有以哀挽索者，有以歌颂索者，有以旌表索者，此类甚多。诗既不佳，徒劳神思，或预办套语，临时书付，诗品愈卑；更有逢人辄赠，用充礼物，诗之不幸，一至于此，大可伤也。”“步韵尤今日通病……今一诗成，步者纷纭，一韵屡见，如蔗柤重嚼，有何滋味？牵扯凑合，梏人才情，导人苟简，诖误后学，莫此为甚。”

善按：所言种种，今日诗坛仍时时可见。有些诗赶季节，如中秋、元旦、春节等；或赶纪念，如国庆节、伟人生日等等。千篇一律，今昔相同，读之无味，滥竽充数，实为大忌。

一三三、用律不用意

古人诗，往往模范前贤诗文之用笔格式，但意则出于己，叫做“夺胎换骨”。庾信《月》诗云：“渡河光不湿。”杜云：“入河蟾不没。”唐人云：“因过竹院逢僧话，又得浮生半日闲。”东坡云：“殷勤昨夜三更雨，又得浮生尽日凉。”杜甫《梦李白》云：“落月满屋梁，犹疑照颜色。”山谷《簟诗》云：“落日映江波，浓稀比颜色。”退之云：“如何连晓语，只是说家乡。”吕居仁云：“如何今夜雨，只是滴芭蕉。”此皆用古人句律，而不用其句意，以故为新。又《左传》云：“深山大泽，实生龙蛇。”山谷《中秋月》诗云：“寒藤老木被光景，深山大泽皆龙蛇。”山谷诗盖谓在月光照影下，深山大泽里的寒藤老木犹似龙蛇。李白《瀑布》：“海风吹不断，江月照还空。”白居易《送友人原上草》：“野火烧不尽，春风吹又生。”后者尤为出色。

一三四、绝句要领

元杨载《诗法家数》论绝句要领：

“绝句之法，要婉曲回环，删芜就简。句绝而意不绝。多以第三句为主，而第四句发之。有实接，有虚接，承接之间，开与合相关，反与正相依，顺与逆相应，一呼一吸，宫商自谐。大抵起承二句固难，然不过平直叙起为佳，从容承之为是。至如婉转变化工夫，全在第三句，若于此转变得好，则第四句如顺水之舟矣。”

善按：行家里手之言，非实有作诗体验，不能道也。

一三五、严羽论诗

“夫诗有别才，非关书也；诗有别趣，非关理也。然非多读书、多穷理，则不能极其至，所谓不涉理路、不落言筌者，上也。诗者，吟咏性情也。盛唐诸人，惟在兴趣；羚羊挂角，无迹可求。故其妙处，透彻玲珑，不可凑泊。如空中之音、花中之色、水中之月、镜中之象，言有尽而意无穷。近代诸公乃作奇特解会，遂以文字为诗，以才学为诗，以议论为诗；夫岂不工，终非古人之诗也，盖于一唱三叹之音，有所歉焉。”

“下字贵响，造语贵圆。意贵透彻，不可隔靴搔痒。语贵脱洒，不可拖泥带水。”

“语忌直，意忌浅，脉忌露，味忌短，音韵忌散缓，亦忌迫促。”

——以上摘自《沧浪诗话》

善按：此严羽论诗最精粹之语，学诗者不可不知也。

一三六、诗的灵感

作诗要有灵感，所谓“灵感”，是指触起诗人产生作诗兴致的某种感悟。灵感是诗人深入生活而获得的。古人叫“诗思”。宋葛立方《韵语阳秋》卷二：“诗之有思，卒然遇之而莫遏，有物败之则失之矣。”小说载谢无逸问潘大临云：“近日曾作诗否？”潘云：“秋来日日是诗思。昨日捉笔得‘满城风雨近重阳'，忽催租人至，令人意败，辄以此一句奉寄。”可见诗思败之容易。作家境遇不同，灵感获得的特殊生活也有异。唐郑綮说他诗思是在灞桥风雪中驴子背上获得；唐球诗从游历中得。葛立方又云：“所谓思者，岂寻常咫尺之间所能发哉！前辈论诗思多产生于杳冥寂寞之境，而志意所如，往往出乎埃𡏖之外。”

一三七、诗家相互承袭

宋葛立方《韵语阳秋》卷一：“'水田飞白鹭，夏木啭黄鹂。'李嘉祐诗也。王摩诘衍之为七言曰：'漠漠水田飞白鹭，阴阴夏木啭黄鹂。'而兴益远。'九天阊阖开宫殿，万国衣冠拜冕旒。'王摩诘诗也。杜子美删之为五言句：'阊阖开黄道，衣冠拜紫宸。'而语益工。近观山谷《黔南十绝》，七篇全用乐天《花下对酒》《渭川旧居》《东城寻春》《西楼委顺》《竹窗》等诗，余三篇用其诗略点化而已。乐天云：'相去六千里，地绝天邈然。十书九不到，何以开忧颜。'山谷则云：'相望六千里，天地隔江山。十书九不到，何用一开颜。'乐天云：'霜降水反壑，风落木归山。冉冉岁时晏，物皆复本原。'山谷云：'霜降水反壑，风落木归山。冉冉岁毕晚，昆虫皆闭关。'乐天诗云：'渴人多梦饮，饥人多梦餐。春来梦何处？合眼到东川。'山谷云：'病人多梦医，囚人多梦赦。如何春来梦，合眼见乡关。'叶少蕴：'诗人点化前作，正如李光弼将郭子仪之军，重经号令，精彩数倍。'”

善按：若山谷全为抄袭，不可取也。

一三八、熟读深思

学诗须从读前人诗入手，多读熟读，自可从中耳濡目染，进入诗境，提高诗艺。宋许𫖮《彦周诗话》："古人文章，不可轻易，反复熟读，加意思索，庶几其见之。东坡《送安惇落第》诗云：'故书不厌百回读，熟读深思子自知。'可作座右铭。"

许𫖮又云："季父仲山在扬州时，事东坡先生，闻其教人作诗曰：'熟读《毛诗·国风》与《离骚》，曲折尽在是矣。'仆尝以为此语太高，后年齿益长，乃知东坡先生之善诱也。"

一三九、药名诗

将药名嵌入诗中，而不失诗之蕴藉。司马光曾举宋时医师陈亚诗句："风雨前湖夜，轩窗半夏凉。"（见《温公续诗话》）其中"前湖"、"半夏"皆为药名，知者故觉其妙，不知者亦觉此两句是佳诗。

宋周必大《二老堂诗话·戏举诗对》："乾道七年秋，余为礼部侍郎，一时长贰，每会食，多戏举诗对……或云：'半夏禹馀粮'。'借禹为雨，粮为凉也，宜以何对？'余云：'长春佛见笑。'盖药名及花名也。"

一四〇、杜甫咏马

杜甫咏马诗写生活脱，用笔神妙。《骢马行》："五花散作云满身，万里方看汗流血”；“赤汗微生白雪毛，银鞍却覆香罗帕”；“昼洗须腾泾渭深，朝趋可刷幽并夜”……从毛色、形体特点、饰物及生活环境诸方面着墨，突出了马的奇特和神勇不凡。《画马引》：“曾貌先帝照夜白，龙池十日飞霹雳”；“斯须九重真龙出，一洗万古凡马空”。不仅突出了御马的俊豪，且显示出画马者气魄不凡，笔夺化工。

一四一、名人诗亦有所本

学习仿效前人，继往开来，诗坛甚重继承，未有诗人不步武前贤而能独创者。读古诗，我们就会发现，即使名家之诗，亦可窥见其步武前人之蛛丝马迹。如：李白“山从人面起，云傍马头生”当是夺胎于庾信“路高山底树，云低马上人”。杜甫之“仰蜂沾落絮，行蚁上枯梨”当本之于谢朓“蜻蛉草际飞，游蜂花上食”；又杜甫《江边星月》诗“历历竟谁种，悠悠何处园”当本古诗“历历种白榆”与沈约《咏月》“清光信悠悠”句。

一四二、评苏轼和陶诗

东坡有和陶诗数十首，流放海南时所作，乃借和陶以抒己郁勃之气；并以陶自况，开拓胸襟。其《和〈东方有一士〉》自注云：“此东方一士，正渊明也。不知从之游者谁乎？若了得此一段，我即渊明，渊明即我也。”虽如此说，但由于人的环境和修养不同，实际则形似神不似。清张谦宜批评苏轼和陶诗“气象太紧直，声调太响亮”，“豪气不除，鳞甲尽露”。指出苏与陶“胸襟不同，气味不合”；“陶是袖手不肯做（指为官从政），自讨便宜。苏原振臂要做，做不来便得祸，才收拾雄心，作恬退消阻语。此即相隔天渊，兼之骨格搓枒，声高气莽，都不是陶家路上人，强用其韵，了无干涉。”（见《岘斋诗谈》卷五）

一四三、与题何涉

杜甫有诗，题为《江上值水如海势聊短述》，诗云：“为人性癖耽佳句，语不惊人死不休。老去诗篇浑漫与，春来花鸟莫深愁。新添水槛供垂钓，故著浮槎替入舟。焉得思如陶谢手，令渠述作与同游？”所写与题不沾，无怪申凫盟《说杜》责此诗：“与题无涉，此老无故作矜夸语，抑又陋矣。”清田雯云：“余初学时，亦以为然（指同意上说），后官楚，入黄州，泊舟港口，约叶井叔登赤鼻绝顶，纵目千里，命酒豪饮，俄而潮平月上，风露苍凉，有白鹤数百只，鸣于树间。井叔顾余曰：‘望水天之一色，呼周郎而欲出，子不可无诗。’余瞪目不答。井叔又曰：‘子陶谢手也，何逊谢焉？’余静默久之，因悟少陵此诗，盖目触江上光景，思成佳句，以吟咏其奔涛骇浪之势，而不可得，废然长叹。曰‘性癖’，曰‘惊人’，言平生所笃嗜在诗也。曰‘老去漫与’，与‘晚节渐于诗律细’似不相属，谦词也。曰‘花鸟莫深愁’，言诗人刻毒，遇一花一鸟，摩写无余，能令花鸟愁也。今老无佳句，不必‘深愁’矣。花鸟尚然，况值此江势之大，闭口束手，能复有惊人篇章耶？故只可添水槛以垂钓、著浮槎以闲游而已。若述作之手，非陶谢不可，吾则何敢。少陵殆抑然自下者，全无矜夸语气。言在题外，神合题中，而江如海势之奇观，隐跃纸上矣。何谓无涉？固哉，皁盟之说杜也。”仇兆鳌注亦谓：“此一时拙于诗思而作也。”又曰：“作时机神偶有敏钝，忽然机到：则曰‘诗应有神助’；忽然机涩，则曰‘老去诗篇浑漫与’。”又释“花鸟莫深愁”为不须对花鸟而苦吟愁思矣”。（田雯语见《古欢堂集杂著卷五》）

善按：诗有题，所以标明本意，使读者知其为此而作。老杜此篇，转弯抹角点题，在老杜则可，初学者则不可，故不能以此为法。

一四四、宋诗摘句

清吴乔《围炉诗话》卷五：“宋人好句有可入六朝、三唐者，何可没之？”吴氏摘录“好句”数百句，兹选录其一部分如下：

新霜染枫叶，皓月借芦花。（杨徽之）
归禽动疏竹，落果响寒塘。（惠崇）
繁霜衣上积，残月马前低。（梅尧臣）
湘云随雁断，楚路背人遥。（同上）
片月通萝径，幽云在石床。（林逋）
惊蝉移古柳，斗雀堕寒庭。（同上）
坐石云生衲，添泉月入瓶。（同上）
竹风惊夜鹤，潭月戏春鱼。（杨都官）
远屿迎樯出，疏林带岸回。（同上）
品画逢名士，横琴忆古贤。（高湮）
浪平天影接，山尽树根回。（高略）

麦天晨气润，槐夏午阴清。（赵师发）
梅花过岭路，桃叶渡江船。（丁谓）
犬眠花影地，牛牧雨声坡（李拱）
海月随帆落，溪花绕驿流。（李堪）
客舍孤烟起，征衣暮雨凉。（钱惟演）
醉轻浮世事，老重故乡人。（宋初人）
山前犹见月，陌上未逢人。（熊皎）
几夜碍新月，半江垂夕阳。（文与可）
山寒石发瘦，水落溪毛凋。（谢逸）
涛头风滚雪，山脚石蟠虬。（王纶之女）
鸟归花影动，鱼没浪痕圆。（悟清）
笠重吴天雪，鞋香楚地花。（可士）
晓风飘磬远，暮雪入廊深。（同上）
虹收千嶂雨，潮展半边天。（可朋）
水光先见月，露气早知秋。（李防）
落花人独立，微雨燕双飞。（晏殊）
妻喜栽花活，儿夸斗草赢。（魏野）
樵斧和云斫，渔蓑带雪披。（王度）
委地露花啼晓泪，拂堤烟柳弄春容。（赵师民）
风檐燕引五六子，露井桃开三四花。（黄孝先）
一溪晓绿浮鸂鶒，万树春红叫杜鹃。（李宗谔）
人间路到三峰尽，天下秋随一叶来。（钱昭度）
深逢野草堪为药，静见樵人恐是仙。（熊皎）
一水护田将绿绕，两山排闼送青来。（王安石）
隔林仿佛闻机杼，知有人家住翠微。（参寥子）
山衔斗柄三星没，雪共月明千里寒。（黄庭坚）

含风鸭绿粼粼起，弄日鹅黄袅袅垂。（王安石）
数声柔橹苍茫外，何处江村人夜归。（道潜）
野花临水数枝恨，芳草连天千里情。（陈智夫）
梨花院落溶溶月，柳絮池塘淡淡风。（晏殊）
人得交游是风月，天开图画即江山。（黄庭坚）
钓叟天机沙鸟睡，禅师入定白牛闲。（李范）
千里暮云山已黑，一灯孤馆醉初醒。（杨万毕）
河摇星斗三更后，月挂梧桐一丈高。（显万）
醉醒风傍池边起，坐久月从花上来。（赵湘）
纵有千年铁门限，终须一个土馒头。（范成大）
灯惊独鸟回晴坞，钟送遥帆落晚汀。（林逋）
五亩自开林下隐，一樽聊敌世间名。（同上）
千里白云随野步，一湖明月上秋衣。（同上）
烟含晚树人家远，雨湿春风燕子低。（同上）
万里秋风天外意，日斜闲啄岸边苔。（欧阳修）
长亭送客兼迎客，费尽长条赠别离。（同上）
席间风起闻天籁，雨后山光入酒杯。（同上）
晚泊孤舟古祠下，满川风雨看潮生。（苏舜钦）
长掩柴门避寒暑，只将花卉记冬春。（司马光）
万岭逼云秋色里，一峰擎雪夕阳中。（文同）

一四五、诗见襟趣

《青箱杂记》曰："白乐天'无事日月长，不羁天地阔'，此达者之词也。孟东野'出门即有碍，谁谓天地宽'，此褊狭者之词也。"贺裳为孟效辩曰："东野穷饿，不得安养其亲，五十始得一第，才尉溧阳，又困于秃令，此其身世何如而与白较？旁观者但闻人嬉笑，而遂责向隅者耶？”又举韩愈敬孟郊作旁证：“韩诗虽气魄胜之，而深厚处不及，故有‘吾愿身为云，东野变为龙。四方上下逐东野，虽有离别无由逢’之句，此老……岂轻于自贬者。”黄生评曰：“诗以言志，故观其人诗而其人之襟趣可知，苟戚戚于贫贱，则必汲汲于富贵。人品如此，诗品便为之不高……东野诗，余亦不甚喜，以为‘陋于闻道’。诚然，贺君曲为回护，似若以其怨苦愁叹为当然者，可知贺亦褊狭之士矣。孟及第后，作诗云：‘昔日龌龊不足嗟，今朝旷荡思无涯。春风得意马蹄疾，一日看遍长安花。’才获一第，便尔如此志满意得，尤其小器。”

善按：黄生所论全面公正。苟戚戚于贫贱，则必汲汲于富贵，孟郊最为典型。

一四六、《饮中八仙歌》解

贺裳《载酒园诗话》卷一：“《饮中八仙歌》，蔡无度曰：‘此歌分八篇，人人各异，虽重押韵无害，亦三百篇分章之意。’此论甚妙。余更错综离合之：‘知章骑马似乘船’，‘醉中往往爱逃禅’，‘自称臣是酒中仙’，‘脱帽露顶王公前’，‘高谈雄辩惊四筵’，皆醉后时。‘道逢曲车口流涎’，乃饮而未醉时。‘饮如长鲸吸百川’，‘皎如玉树临风前’，皆方饮时。不惟得酒人之形，兼得其神，真顾、陆所不能画。（黄白山评：‘因道逢曲车而思及饮酒，故口流涎耳。若饮而未醉，何必流涎？’）首句蔡注曰：‘浙人不喜骑马而喜乘船，杜盖嘲之。’余谓此写知章醉态，马上离披之景，犹似舟中播荡耳。”

善按:此首为千古妙诗,将文人雅士饮前、饮中、醉后之态,刻画得淋漓尽致。古代写饮酒诗,无过此诗之生动。

一四七、工力不均何故

诗有名为佳句而上下句工力不能均敌者。如夏子乔“山势蜂腰断,溪流燕尾分”;陈师道“一鸠鸣午寂,双燕话春愁”;唐子西“片云明外暗,斜日雨边晴”,“百年地僻柴门迥,五月江深草阁寒”,皆下句胜上句。“采花惊曙鸟,摘叶喂春蚕”;“扫地树留影,拂床琴有声”;“接宴身兼杖,听歌泪满衣”,则上句胜下句。黄生(白山)评云:“凡两句不能并工者,必下句为韵所缚也;下句妙于上句者,下句先成,以上句凑之也。”(见《唐诗评》)此评非行家里手不能道。

一四八、学古有变

宋诗人范成大曾在安徽休宁县为官,写下许多描写徽州山水之秀的诗篇,其中七律《早发竹下》,写晨起到竹下(即休宁黄竹岭)散步所目击的山乡晨景,其中有一联云:“碧穗炊烟当树直,绿纹溪水趁桥弯。”上句写炊烟,下句写溪水。碧穗般的炊烟从树顶上笔直地升起;绿绸似的溪水从小桥下弯弯地流过。这两句画意甚浓,炊烟、树丛、溪水、小桥,上下相映衬,一碧一绿,一直一弯,一静一动,在色彩、线条和态势上构成了错综变化之美,使整个画面玲珑剔透,有声有色。写炊烟突出“当树”,写溪水突出“趁桥”,展现出山村特有的风貌:山林茂密,村户人家的房屋、烟囱,被周围的高大树木所遮掩，所以只能看到炊烟从树顶上升起；山村溪涧纵横，全靠一座座小桥连接道路，所以溪水始终傍着小桥流逝。炊烟“当树直”，暗示无风，同时还会使人联想到那炊烟下庄户人家生活的安宁和平静。“弯”字，又把那绕山穿桥的小溪身影勾画出来；一个“趁”字，更把汩汩溪流写活了。这两句的“直”和“弯”，显然脱胎于唐王维的的名句“大漠孤烟直，黄河落日圆”，但意境迥然不同。王诗以“直”和“圆”突出苍凉、雄浑的塞外之景，而范诗的“直”和“弯”，则是突出林深溪秀的南国风光。前者壮美，后者秀美。学古而能创新，这二句诗为我们提供了一个很好的范例。

一四九、唐代女子诗

唐诗大振，妇女奴仆，无不知诗。李季兰有“诗豪”之誉，薛涛有“校书”之称，鱼玄机、徐月英各著诗集，非烟、崔仲容并骋俪词。至于诗人妻女以诗名者，则元稹夫人裴柔之，有《赠夫之武昌》篇；吉中孚妻张夫人，有《拜新月》之作；杨盈川侄女名容华者，《新妆》诗有“自怜终不已，欲去复徘徊”之句，杜羔妻刘氏《寄羔下第》诗，有“如今妾面羞君面，君到来时近夜来”之语。又进士孟昌期妻孙氏，为夫代笔。宋若昭、若荀姊妹五人，皆能诗，欲以学名家，不愿归人，德宗召入禁中，呼为“博士”，每咨经史大义，穆、敬、文三朝皆呼“先生”。其他如葛鸦儿、薛媛、关盼盼辈，不啻百家，并垂名篇，极一时之盛。

一五〇、唐代僧诗

清贺贻孙《诗筏》:“唐释子以诗传者数十家,然自皎然外,应推无可、清塞(即周贺)、齐已、贯休数人为最。以此数人诗无钵盂气也。僧家不独忌钵盂语,尤忌禅语……尝见刘梦得云:‘释子诗因定得境,故清;由悟遣言,故慧。’余谓不然。僧诗清者每露清痕,慧者即有慧迹。诗以兴趣为主,兴到故能豪,趣到故能宕。释子兴趣索然,尺幅易窘,枯木寒岩,全无暖气,求所谓纵横不羁、潇洒自如者,百无一二,宜其不能与才人匹敌也。”“贯休诗气幽骨劲。余更奇其投钱镠诗云:‘满堂花醉三千客,一剑霜寒十四州。’镠谕改为‘四十州’乃得见,休云:‘州亦难添,诗亦难改。’遂去。贯休于唐亡后,有《湘江怀古》诗,极感情不平之恨。又尝登鄱阳寺阁,有‘故国在何处?多年未得归。终学於陵子,吴中有绿薇’之句。士大夫平日以无父无君讥释子,唐亡以后,满朝皆为朱梁佐命,欲再求一凝碧诗,几不复得,岂知僧中尚有贯休,将无令士大夫入地耶?”

善按:刘梦得论僧诗与《诗筏》相左,但各自有见地。唐诗僧论人品、文品,当以贯休为最。

一五一、论太白诗

清贺贻孙《诗筏》论太白诗绝妙:“李阳冰云:‘太白不读非圣之书,耻为郑卫之作,故其言多似天仙之词。’王荆公集四家诗,问何以下李白,荆公云:‘白才高而识卑,其中言酒色者，盖十八九。'两人论太白，互相矛盾如此。余谓此皆非太白知己也。太白诗天然奇绝，正惟奇绝，所以不能无小疵。然其奇处不可及，疵处更不可及。奇处不在耻郑卫，疵处不在言酒色。酒色、郑卫，在太白分中原无罣碍。李阳冰只见太白耻郑卫耳，若太白则何必耻郑卫；王介甫只见太白言酒色，若太白则何妨言酒色。以己为量而妄尊之，且与太白无与，况以己为量而妄毁之，多见其不知量也。"

一五二、血痕与墨痕

清贺贻孙《诗筏》云："盛唐人诗，有血痕无墨痕；今之学盛唐者，有墨痕无血痕。"

善按：血痕，是指诗人写出真性情、真感受，有血有肉。而后之模仿盛唐者，则徒然在形式上肖声模迹，故只见墨，不见血。后者正如贺氏所讽刺："每一才子出，即有一班庸人从风而靡，舍我性灵，随人脚根，家家工部，人人右丞，李白有'李赤'敌手，乐天即'乐地'前身，令人掩鼻。"

一五三、古体诗要领

清贺贻孙《诗筏》论古体诗作法："古诗之妙，在首尾一意而转折处多，前后一气而变换处多。或意转而句不转，或句转而意不转；或气换而句不换，或句换而气不换。不转而转，故愈转而意愈不穷；不换而换，故愈换而气愈不竭。善作诗者，能留不穷之意，蓄不竭之气，则几于化。"

善按：善转善换，为作古体诗之要诀。余从实践中深深体会：要转折无垠，换韵自然，实为难事。余曾作《过秦岭赴蜀》古体："秦岭横空隔秦蜀，上悬绝壁下深谷。古人惊叹蜀道难，畏途巉岩不可攀。而今日月新换天，古道重开变旧颜。铁路牢牢依山筑，盘旋如带绕山麓。翼翼飞桥架悬崖，长长隧道穿山腹。车轮滚滚奔长龙，忽钻地底忽腾空。谈笑过秦岭，一梦到蚕丛。千里关山不觉远，身轻似与飞仙同。"已故诗翁吴孟复先生曾评云："跌宕多姿，转折无迹，音节苍凉近古。"吴翁鼓励之语，实亦古体诗写作要领。

一五四、唐人以时俗语入诗

"隔是"，犹已是。元稹："隔是身如梦。"隔又作"格"。白居易诗："如今格是头如雪。"顾况诗："市头格是无人别。"

"不当作"，犹先道个不该。孟浩然诗："更道明朝不当作。"

"不分"、"生憎"，犹不料、最怕。杜甫诗："不分桃花红胜锦，生憎柳絮白于绵。"

"潦倒"，犹蕴藉。杜甫诗："多才依旧能潦倒。"

一五五、禅家三昧

清徐增《而庵诗话》："唐人有'鸦翻枫叶夕阳动，鹭立芦花秋水明'一联，人皆称其佳，而不知其所以佳。余曰：此即王摩诘'东家流水入西邻'意。夫鸦翻枫叶，而动者却是夕阳；鹭立芦花，而明者却是秋水。妙得禅家三昧。"

善按："鸦翻枫叶夕阳动，鹭立芦花秋水明"确是妙句，谓“得禅家三昧”却说得过于神秘。其实，这乃是真实地刻画出观景一刹那间之错觉。上句，夕阳照射在枫叶上，鸦嬉于树，枫叶翻动，恍若是夕阳在动；下句，秋水倒映着芦花，鹭鸟立于芦花间，恍若秋水如镜子一般明净。得此景，则观景者必如老僧入定，心至专一、至寂静，才入此妙境。从这点看，谓其“得禅家三昧”亦可。

一五六、师承与妙悟

清徐增《而庵诗话》：“夫作诗必须师承，若无师承，必须妙悟。虽然，即有师承，亦须妙悟，盖妙悟、师承，不可偏举者也。是故由师承得者，堂构宛然；由妙悟得者，性灵独至……窃见今之诗家，俎豆杜陵者比比，而皈依摩诘者甚鲜。盖杜陵严于师承，尚有尺寸可循；摩洁纯乎妙悟，绝无迹象可即。”

善按：师承一板一眼，凭刻苦学习即可得；妙悟则须凭诗人对生活的深入认识与感悟，若无天才加苦学，不可得也。

一五七、三曹诗

清黄子云《野鸿诗的》评三曹云：“向评三曹诗，孟德诗虽思深而力厚，然乏中正和平之音，而徒有强梁跋扈之气，直欲凌轹三代，笼罩后世，务为诘屈以眩惑人耳目耳。余谓孟德霸则有余，而子桓（丕）王则不足，若子建（植）则骎骎乎有三代之隆焉。”

善按：此对曹操诗之评论，可谓入木三分。而对曹丕与曹植之评论，则无新意。

一五八、咏物拙劣例

咏物诗要借物言情，不即不离，不离于物，又不要太粘于物。晚唐人《咏蜻蜓》："碧玉眼睛云母翅，轻于粉蝶瘦于蜂。"石曼卿《红梅》："认桃无绿叶，辨杏有青枝。"不仅粘着物上，而且不伦不类，叫人猜谜。

一五九、杜甫下苦工

薛雪《一瓢诗话》："杜浣花云：'晚岁渐于诗律细。'又云：'语不惊人死不休。'又云：'两句三年得，一吟双泪流。'又云：'吟成五个字，撚断数茎须。'又云：'一句坐中得，寸心天外来。'又云：'夜吟晓不休，苦吟鬼神愁。'又云：'险觅天应闷，狂搜海欲枯。'又云：'生应无辍日，死是不吟时。'如此者不一而足。可见古人作诗不易，何以今人摇笔便成？其一其二其三，连篇累牍，不几年间，刻稿问世矣。"

薛雪又云："杜诗云：'毫发无遗恨，波澜独老成。'大凡诗中好句，左瞻右顾，承前启后，不突不纠，不横溢于别句之外，不气尽于一句之中，是句法也。起须劈空，承宜开拓，一联蜿蜒，一联崒嵂，景不雷同，事不疏忽；去则辞楼下殿，住则回龙顾主；意外有余意，味后有余味；不落一路和平，自有随手虚实，是章法也。悟此句法章法，然后读此二句，益信杜公'毫发'、'波澜'字非泛写，实是一片婆心，指点后人作诗之法。”

善按：杜甫“诗圣”，作诗如此呕心沥血，尚有瑕疵。吾侪凡夫俗子，欲诗有小成，岂可不倍加勤奋哉？

一六〇、以人名代物名

以人名代物名始作俑者，盖为曹操。其《短歌行》云：“何以解忧？惟有杜康。”杜康乃传说中最早造酒的人。《书·酒诰》：“惟天降命，肇我民惟元祀。”孔颖达疏引汉应劭《世本》：“杜康造酒。”曹诗以“杜康”指代酒。后诗人效“杜康”之语，以“白堕”代酒。白堕亦人名。北魏杨衒之《洛阳伽蓝记·法云寺》：“河东人刘白堕能酿酒。季夏六月，时暑赫晞，以瓮贮酒，暴于日中经一旬，其酒不动，饮之香美而醉，经月不醒。”因用以指美酒。宋苏辙《次韵子瞻病中大雪》：“不复扶头倾白堕，但知临目养黄宁。”清曹寅《质公饷药酿甚佳》：“愁逢白堕与乌巾，老至浇肠最喜醇。”以造酒人代指酒，尚雅，但为追求新奇而胡乱以人代物，则成戏言戏笔，令人作呕。如王羲之爱鹅，吴下馔鹅待客则云：“请共过食右军。”传说仙人“琴高”钓鲤，黄山谷则用“琴高”称鲤，有“春网荐琴高”之句。清顾嗣立《寒厅诗话》嘲山谷云：“若‘琴高’可作‘鲤鱼’字用，则‘苏武’可替‘羊’，‘许由’可替‘牛’，‘孟浩然’可替‘驴’……山谷再生，我亦面诮！”

善按：今称“东坡肉”亦当受诮。

一六一、一字师

清顾嗣立(侠君)《寒厅诗话》:“古人有一字之师。昔人谓如光弼临军,旗帜不易,一号令之,而百倍精彩。张橘仙诗:‘半篙流水夜来雨,一树早梅何处春?’元遗山曰:‘佳则佳矣,而有未安。既曰“一树”,乌得为“何处”?不如改“一树”为“几点”,便觉飞动。’又虞道园尝以诗诣赵松雪,有‘山连阁道晨留辇,野散周庐夜属櫜’之句。赵曰:‘美则美矣,若改“山”为“天”,“野”为“星”,则尤美。’又萨天锡诗:‘地湿厌闻天竺雨,月明来听景阳钟。’道园见之曰:‘诗信佳矣,但有一字不稳。“闻”与“听”字义同,盍改“闻”为“看”?唐人“林下老僧来看雨”,又有所出矣。’古人论诗。一字不苟如此。”

善按:古人虚怀若谷,善于听取别人的批评和意见,故创作不固步自封,而精益求精,锦上添花。此类事例甚多,对后人颇有启发,如:

《宋诗纪事》:“郑谷在袁州,齐己携诗诣之。有《早梅》诗云:‘前村深雪里,昨夜数枝开。’谷曰:‘数枝’,非早也,未若‘一枝’。齐己不觉下拜。自是士林以谷为‘一字师’。”

宋王直方《直方诗话》:“萧楚才知溧阳县时,张乖崖作牧,一日召食,见公几案有一绝云:‘独恨太平无一事,江南闲杀老尚书。’萧改‘恨’字作‘幸’字。公出视稿曰:‘谁改吾诗?’左右以实对。萧曰:‘与公全身。公功高位重,奸人侧目之秋,且天下一统,公“独恨太平”,何也?’公曰:‘萧弟一字师也!’”

明解缙等《南唐野史》："张迥《寄远》诗：'蝉鬓凋将尽，虬髭白也无？'齐己改为'虬髭黑在无'。迥拜为'一字师'。"

上举诸例，或更典型突出，如"数枝开"不如"一枝开"；或从用字稳妥防人误解而改，如"恨太平"改为"幸太平"；或从含蓄韵味推敲，如"黑在无"显然比"白也无"意趣更足。

一六二、借古翻新一例

老革命家陶铸，也是诗词创作的斫轮高手，他善于借古翻新。据有关回忆录记载，1956年春，他曾到湖南郴州视察。郴州地处五岭，古为内地通往南陲要道，也是古代朝廷放逐贬官之地。宋哲宗绍兴四年(1097)，诗人秦观坐党争遭贬，由京城远徙郴州。他愁肠百结，写下了名作《踏莎行·郴州旅次》词：

雾失楼台，月迷津渡，桃源望断无寻处。可堪孤馆闭春寒，杜鹃声里斜阳树(一作"暮")。
驿寄梅花，鱼传尺素，砌成此恨无重数。郴江幸自绕郴山，为谁流下潇湘去？

此词后来由宋书法家米芾书，镌刻于郴州苏岭白鹿洞石壁上，与秦观半身雕像，合为"三绝碑"。陶铸来此参观凭吊，感古人遭遇之不幸，喜社会主义欣欣向荣，因步其原韵作酬和词如下：

翠滴田畴，绿涌溪渡。桃源今在寻常处。英雄便是活神仙，高歌唱出花千树。　桥跃飞虹，渠飘束素，山川新意无重数。郴江向北莫辞劳，风光载得京华去。

和词用旧格式载新内容，虽受词格和原韵的限制，但写得自然流畅，毫无牵强硬凑之病，足见作者诗词造诣甚深，笔墨娴熟，故能意到笔随，任其驱遣。实为学古创新之典型例证。

一六三、人生体验入诗妙句

诗人常将人世体会及生活经验写入诗中，由于体察真切，感悟深刻，故能道出常人共有之情，往往屡作好诗，频出妙句。余平日注意搜集，摘其尤者录于下：

身闲不厌频来客，年老偏怜最小儿。——徐寅《北园》

豪门有利人争取，陋巷无权客不来。——同上《西寨寓舍》

凭君莫话封侯事，一将功成万骨枯。——曹松《己亥岁二首》之一

老去不知花有态，乱来惟觉酒多情。——韦庄《与东吴生相遇》

老知风月终堪恨，贫觉家山不易归——罗隐《东归途中作》

吟中景象千般有，书外囊装一物无。——李咸用《和与友人相遇》之六

莫嫌无事闲销日，有事始怜无事人。——李鹄《洞庭隐》

春水船如天上坐，老年花似雾中看。——杜甫《小寒食舟中作》

人生不满百，常怀千古忧。——汉乐府《西门行》

抽刀断水水更流，举杯浇愁愁更愁。——李白《宣城谢朓楼寄校书叔云》

人生识字忧患始，姓名初识即可休。——苏轼《石苍舒醉墨堂》

老来行路先愁远，贫里辞家更觉难。——元好问《羊肠坂》

空手无壮士，穷居使人低。——李白《登黄山凌歊台……》

谁知临老相逢日，悲叹声多语笑稀。——白居易《览卢子蒙侍御旧诗……》

昔日戏言身后事，今朝都到眼前来。——元稹《遣悲怀》

人到愁来无会处，不关情处总伤心。——黄庭坚《和陈君仪读太真外传》

十年别泪知多少，不道相逢泪更多。—— 徐熥《酒店逢李大》

苦恨年年压金线，为他人作嫁衣裳。—— 秦韬玉《贫女》

露从今夜白，月是故乡明。——杜甫《月夜寄舍弟》

外地见花终寂寞，异乡闻乐更凄凉。——韦庄《思归》

人情旧雨非今雨，老境增年是减年。——范成大《丙辰新正书怀》

不畏浮云遮望眼，只缘身在最高层。——王安石《登飞来峰》

曾经沧海难为水，除却巫山不是云。——元稹《离思》

春蚕到死丝方尽，蜡炬成灰泪始干。——李商隐《无题》

易求无阶宝，难得有心郎。——鱼玄机《赠邻女》

有花堪折直须折，莫待无花空折枝。——无名氏《杂诗》

两情若是久长时，又岂在朝朝暮暮。——秦观《鹊桥仙》

相思如明月，可望不可攀。——李白《自梁园至敬亭山见会公谈陵阳山水》

身无彩凤双飞翼，心有灵犀一点通。——李商隐《无题二首》

春心莫共花争发，一寸相思一寸灰。——李商隐《无题四首》

天涯地角有穷时，只有相思无尽处。——晏殊《玉楼春》

人逢喜事精神爽，月到中秋分外明。——吴敬梓《儒林外史》

鸟近黄昏皆绕树，人当岁暮定思乡。——崔岱齐《岁暮送客……》

春宵一刻值千金，花有清香月有阴。——苏轼《桃源忆故人·暮春》

人生处万类，知识最为贤。——韩愈《谢自然》

欲穷千里目，更上一层楼。——王之涣《登鹳雀楼》

芳林新叶催陈叶，流水前波让后波。——刘禹锡《乐天见示……》

只看后浪催前浪，当悟新人换旧人。——释文向《过苕

溪》

假金方用真金镀，若是真金不镀金。——李绅《答章孝标》

黄金无足色，白璧有微瑕。——戴复古《寄兴二首》

试玉要烧三日满，辨才须待七年期。——白居易《放言五首》

世上岂无千里马，人中难得九方皋。——黄庭坚《过平舆怀李子先》

大匠无弃材，寻尺各有施。——韩愈《送张道士》

天生我材必有用，千金散尽还复来。——李白《将进酒》

源洁则流清，形端则影直。——王勃《上刘右相》

莲池旧是无波水，莫逐狂风起浪心。——元稹《寻西湖寺僧不在》

富贵不淫贫贱乐，男儿到此是英雄。——程颢《偶或》

受屈不改心，然后知君子。——李白《赠韦侍御黄裳二首》

青蝇易相点，《白雪》难同调。——李白《翰林读书言怀……》

在山泉水清，出山泉水浊。——杜甫《佳人》

无波古井水，有节秋竹竿。——白居易《赠元稹》

志适不期贵，道存岂偷生。——柳宗元《游石角过小岭至长乌村》

青山是处可埋骨，白发向人羞折腰。——陆游《醉中出西门偶成》

高标逸韵君知否？正在层冰积雪时。——陆游《梅花

绝句》

菊花到死犹堪惜，秋叶虽红不耐观。——戴复古《怀徐渊子》。

不受尘埃半点侵，竹篱茅舍自甘心。——王淇《梅》

失身取高位，爵禄反为耻。——沈德潜《咏史》

人生自古谁无死，留取丹心照汗青。——文天祥《过零丁洋》

始知五岳外，别有他山尊。——杜甫《木皮岭》

寸禄应知沾有分，一官常惧处非才。——薛逢《潼关驿亭》

常将有日思无日，莫待无时思有时。——冯梦龙《警世通言》

早起三朝当一日，常余一勺成千钟。——牛树梅《小儿语补》

乃知四体勤，无衣亦自暖。——钱秉镫《田园杂诗》

须知乐极神仙境，修炼多从苦处来。——袁牧《遣兴》

字人无异术，至论不如清。——杜荀鹤《送人宰吴县》

须知香饵下，触口是铦钩。——李群玉《放鱼》

不是一番寒彻骨，争得梅花扑鼻香。——高明《琵琶记·旌表》

少壮不努力，老大徒伤悲。——汉乐府古辞《长歌行》。

书当快意读易尽，客有可人期不来。——陈师道《绝句四首》

志士惜日短，愁人知夜长。——傅玄《杂诗》

欲并老容羞白发，每看儿戏忆青春。——刘长卿《戏题赠二小男》

莫见长安行乐处，空令岁月易蹉跎。——李颀《送魏万之京》

一寸光阴一寸金。——王贞白《白鹿洞二首》

莫等闲，白了少年头，空悲切。——岳飞《满江红·写怀》

少年辛苦终身事，莫向光阴惰寸功。——杜荀鹤《题弟侄书堂》

莫道韶华镇长在，发白面皱专相待。——李贺《嘲少年》

有理言自壮，负屈声必高。——冯梦龙《警通世言》

言多令事败，器漏苦不密。——孔融《临终》

风流不在谈锋胜，袖手无言味最长。——黄昇《鹧鸪天》

画虎画皮难画骨，知人知面不知心。——孟汉卿《魔合罗》

处世忌太洁，至人贵藏晖。——李白《沐浴子》

避席畏闻文字狱，著书都为稻粱谋。——龚自珍《咏史》

若知四海皆兄弟，何处相逢非故人。——陈刚中《阳关词》

结交在相知，骨肉何必亲。——汉乐府古辞《箜篌谣》

男儿爱后妇，女子重前夫。——辛延年《羽林郎》

同是天涯沦落人，相逢何必曾相识。——白居易《琵琶行》

物轻人意重，千里送鹅毛。——邢俊臣《临江仙》

骑马莫轻平地上，收帆好在顺风时。——袁枚《示儿》

世事洞明皆学问，人情练达即文章。——曹雪芹《红楼梦》

眼中无俗物，多病也身轻。——杜甫《漫成二首》

三千宫女胭脂面，几个春来无泪痕。——白居易《后宫词》

为人莫作妇人身，百年苦乐由他人。——白居易《太行路》

人生天地间，忽如远行客。——《古诗十九首·青青陵上柏》

细推物理须行乐，何用浮名绊此身。——杜甫《曲江二首》

花发多风雨，人生足别离。——于武陵《劝酒》

谁道人生无再少，门前流水尚能西。——苏轼《浣溪沙》

事如芳草春长在，人似浮云影不留。——辛弃疾《鹧鸪天》

儿时只道为官好，老去方知行路难。——裘无量《归兴》

人生世上风波险，一日风波十二时。——兰陵笑笑生《金瓶梅》

鸣磬爱山静，步虚宜夜凉。——钱起《夕游覆釜山道士观》

江山如有待，花柳更无私。——杜甫《后游》

五更千里梦，残月一城鸡。——梅尧臣《梦后寄欧阳永叔》

鸡声茅店月，人迹板桥霜。——温庭筠《商山早行》

思妇楼头月，征人马上霜，——章美中《初秋感怀》

但愿有头生白发，何忧无地觅黄金。——戴复古《望江南》

病身最觉风霜早，归梦不知山水长。——王安石《葛溪驿》

生者为过客，死者为归人。——李白《拟古十二首》

生前富贵草头露，身后风流陌上花。——苏轼《陌上花三首》

晚年惟好静，万事不关心。——王维《酬张少府》

天清江月白，心静海鸥知。——李白《赠汉阳辅录事二首》

竹风能醒酒，花月解留人。——张谓《夜同宴用人字》

断送一生惟有酒，寻思百计不如闲。——韩愈《遣兴》

水能性澹为吾友，竹解心虚即我师。——白居易《池上竹》

人道青山归去好，青山曾有几人归。——杜牧《怀紫阁山》

自此光阴为己有，从前岁月属官家。——白居易《喜罢郡》

宁为宇宙闲吟客，怕作乾坤窃禄人。——杜荀鹤《自叙》

桃花流水在人间，武陵岂必皆神仙。——苏轼《书……烟江叠嶂图》

枕上诗书闲处好，门前风景雨来佳。——李清照《摊破浣溪沙》

一松一竹真朋友，山鸟山花好弟兄。——辛弃疾《鹧鸪

天·博山寺作》

老去读书随忘却，醉中得句若飞来。——范成大《分弓亭按阅》

失物每从无意得，怀人恰好有书来。——袁枚《春日偶吟》

病起翻书如访旧，春来养竹胜添丁。——袁枚《春兴》

且乐生前一杯酒，何须身后千载名。——李白《将进酒》

人生得意须尽欢，莫使金樽空对月。——李白《将进酒》

莫思身外无穷事，且尽生前有限杯。——杜甫《绝句漫兴九首》

一生大笑能几回，斗酒相逢须醉倒。——岑参《凉州馆中与诸判官夜集》

尘世难逢开口笑，菊花须插满头归。——杜牧《九日齐山登高》

逢人不说人间事，便是人间无事人。——杜荀鹤《赠质上人》

人生有酒须当醉，一滴何曾到九泉。——高翥《清明日对酒》

浮云出处元无定，得似浮云也自由。——辛弃疾《鹧鸪天》

浩歌惊世俗，狂语任天真。——陆游《醉书》

日长似岁闲方觉，断肠分手各风烟。——杜甫《公安送韦二少府匡赞》

古往今来皆涕泪，老来怕作送行诗。——辛弃疾《定风

波》

年在桑榆间，影响不能追。——曹植《赠白马王彪》

少壮轻年月，迟暮惜光辉。——何逊《赠诸旧游》

宛转蛾眉能几时，须臾鹤发乱如丝。——刘希夷《代悲白头吟》

怜君一见一悲歌，岁岁无如老去何。——刘长卿《赠崔九载华》

今年花似去年好，去年人到今年老。——岑参《韦员外家花树歌》

途穷那免歌，身老不禁愁。——杜甫《暮秋将归秦……》

酒债寻常行处有，人生七十古来稀。——杜甫《曲江二首》

落日心犹壮，秋风病欲苏。——杜甫《江汉》

年来白发欲星星，误却生涯是一经。——严维《书怀献相公》

步出东城风景和，青山满眼少年多。——李端《赠康洽》

但愁花有语，不为老人开。——刘禹锡《唐郎……看牡丹》

与老无期约，到来如等闲。——刘禹锡《答乐天见忆》

眼昏书字大，耳重觉声高。—— 张籍《咏怀》

垂老相逢渐难别，白头期限各无多。——元稹《赠乐天》

还有少年春气息，时时暂到梦中来。——白居易《春眠》

浮生却似冰底水，日夜东流人不知。——杜牧《汴河阻冰》

夕阳无限好，只是近黄昏。——李商隐《晚晴》

少年把酒逢春色，今日逢春头已白。——欧阳修《春日西湖寄谢法曹歌》

春风解绿江南树，不与人间染白头。——赵师侠《鹧鸪天》

不知筋力衰多少，但觉新来懒上楼。——辛弃疾《鹧鸪天》

山僧独在山中老，惟有寒松见少年。——刘长卿《寻盛禅师兰若》

近来时世轻先辈，好染髭须事后生。——刘禹锡《与歌者米嘉荣》

莫嫌举世无知己，未有庸人不忌才。——查慎行《三闾祠》

戏场也有真歌泣，骨肉非无假应酬。——俞樾《齐物》

家贫常畏客，身老转怜儿。——张籍《秋晚闲居》

自是桃李树，何畏不成蹊。——李贺《奉贺二兄罢使……》

年年岁岁花相似，岁岁年年人不同——刘希夷《代悲白头翁》

山重水复疑无路，柳暗花明又一村——陆游《游山西村》

文章自得方为贵，衣钵相传岂是真。——王若虚《论诗》

纵横正有凌云笔，俯仰随人亦可怜。——元好问《论诗

三十首》

乃知青史上，大半亦属诬。——赵翼《后园居诗》

预支五百年新意，到了千年又觉陈。——赵翼《论诗五首》

文章草草皆千古，仕宦匆匆只十年。——黄景仁《呈诗袁简斋太史》

屈平词赋悬日月，楚王台榭空山丘。——李白《江上吟》

屈平岂要江山助，却是江山遇屈平。——李觏《遣兴》

糟粕所传非粹美，丹青难写是精神。——王安石《读史》

泪眼描将易，愁肠写出难。——薛媛《写真寄夫》

古人唱歌兼唱情，今人唱歌惟唱声。——白居易《问杨琼》

鸟爱碧山远，鱼游江海深。——李白《日出入行》

天涯何处无芳草。——苏轼《蝶恋花》

沉舟侧畔千帆过，病树前头万木春。——刘禹锡《酬乐天扬州初逢》

隐石那知玉，披沙乃见金。——李群玉《赠元绂》

近水楼台先得月，向阳花木早逢春。——苏麟《断句》

入门休问荣枯事，观看容颜便得知。——罗贯中《水浒传》

青山缭绕疑无路，忽见千帆隐映来。——王安石《江上》

桃红李白皆夸好，须得垂杨相发挥。——刘禹锡《杨柳枝词九首》

泽被鱼鸟悦，令行草木春——李白《赠张相镐二首》

名高毁所集，言巧智难防。——刘禹锡《萋兮吟》

世上功名兼将相，人间声价是文章——刘禹锡《同乐天送令狐相公……》

眼前得丧等云烟，身后是非悬日月。——陈恭尹《赠余鸿客》

千淘万漉虽辛苦，吹尽黄沙始到金。——刘禹锡《浪淘沙九首》

志士幽人莫怨嗟，古来材大难为用。——杜甫《古柏行》

一六四、用典种种

若古大家未有不融化而出，譬彼百花酿蜜，岂容渣滓入口。——《清诗话·贞一斋诗说》

死典活用，古人所贵。少陵《禹庙》诗"空庭垂橘柚，古屋画龙蛇"，橘柚、龙蛇用禹事（据《尚书·禹贡》载，禹治好水，居东南的"岛夷"之民"厥包橘柚"，把丰收果实献给禹。又传说禹"驱龙蛇而放诸菹"，使龙蛇在泽中有水草处安身）。如此点化，即成景语，甚妙。——《清诗话·岘慵说诗》

用事不使人觉，若胸臆语也。——《颜氏家训》

须自出己意，借事以相发明。——《苕溪渔隐丛话》引王安石语。

钱钟书批评陈造诗："他敢于批评当时的社会习尚，肯反映人民的疾苦，只可惜堆砌和镶嵌的古典成语太多，意思

不够醒豁，把批评的锋口弄钝了，反映的镜面弄昏了。”——《宋诗选》

以我用事，驱使得他为我用乃妙。若使事重滞，见事不见我，如钱牧翁、王阮亭均有此病。韩公多翻用，使熟者皆生，化腐朽为神奇，此一秘巧也。——《昭昧詹言》

用典如水中著盐，但知盐味，不见盐质。用僻典如请生客入座，必先问名探姓，令人生厌。——《随园诗话》

援引典故，诗家所尚，然亦有羌无故实而自高，胪陈卷轴而转卑者。假如作田家语，只宜称情而言；乞灵古人，便乖本色。——《清诗话·说诗晬语》

李白乐府诗《于阗采花》：“丹青能令丑者妍，无盐翻去深宫里。”王琦注：“昭君事，本是画工丑图其形，以致不得召见。太白则谓‘丹青能令丑者妍……’。熟事化新，精彩一变，真所谓圣于诗者也。”——《李太白集》（王琦注）

用事全贵能化。大家用事，全不见饾饤之迹。大抵质用不如借用，明用不如暗用，正用不如翻用，整用不如拆用，顺直不如侧逆。腐者新，板者活，生者熟；直者揉之，散者炼之，以我用事，不为事所用。——《昭昧詹言》

使事运典，最宜细心。第一须有取义，或反或正，用来贵与题旨相浃洽，则文生于情，非强为比附，味同嚼蜡也。次则贵有剪裁融化，使旧者翻新，平者出奇，板重化为空灵，陈闷裁为巧妙。如是则笔势玲珑，兴象活泼。用典征书，悉具天工，有神无迹，如镜花水月矣……不善用者，则以词累意，其病百出。吴梅村诗云：“苏小宅边桃叶渡，昭君村畔木兰舟。”王阮亭诗曰：“景阳宫外文君井，明圣湖边道韫家。”二联同一病。夫“桃叶渡”不在“苏小宅边”，而“昭君村”亦无“木兰舟”故实；“文君井”、“道韫家”与“景阳宫”、“明圣湖”天各一方，风马牛不相及也，上下全无交涉。本各自一事，今乃强以两典扭合，凑成一句，毫不相生，徒取字面鲜妍好看，但修饰外面而已，实无意思融贯于中，前后竟判然两截。如此涂泽支离，真用典苦事矣。——清朱庭珍《筱园诗话》

善按：用典利弊，上引数文，已言之甚详。愚以为典不可废，尤其是律诗，或感事伤情之作，更须适当用典。律诗往往在中间两联对仗中用典，可以使情意表达得更为委婉含蓄，语句也显得典丽、圆熟、凝练。李商隐《安定城楼》：“贾生年少虚垂泪，王粲春来更远游。”诗人本来想说自己忧心国事和作客远游，但未直接说出，借用典委婉表达了自己的心情，让读者体会到更深更广的情意。辛弃疾《永遇乐·京口北固亭怀古》：“凭谁问：廉颇老矣，尚能饭否？”此句有一典数效之妙：①宋廷北伐抗金，是很需要像廉颇这样的元老重臣，因赵王是在“赵以数困于秦兵”的情况下“思复得廉颇”的，与南宋久困于金形势相同；②借古人为自己写照，表示自己也像廉颇一样具有老当益壮的壮志豪情；③借廉颇因仇人郭开的捣鬼终未被召回任用，暗示自己当时遭猜忌、排斥，未能参加北伐；④“凭谁问”，感叹宋廷埋没人才、弃置抗敌将领不用。意思是说：那避难异国的廉颇，尚且有人关心，可我就在内地，有谁过问呢？⑤由此进一步揭示出小朝廷忍耻忘仇、偏安江左、北伐无备，肯定会失败的下场。这里用典出神入化，包含了许多直说难以说清的思想，可谓一箭数雕。

一六五、鸭绿·鹅黄

宋释惠洪《次韵信民教授谢无逸南湖》诗："春游每觉客愁消，最爱晴湖涨柳桥。鸭绿皱寒初拍岸，鹅黄照影自垂桥。"(《宋诗钞》)

鸭绿，指湖水，因绿树倒映，水色如鸭头浓绿。此词乃本于李白《襄阳歌》："遥看汉水鸭头绿，恰似葡萄初酦醅。"陆游有"锦江鸭绿抱山来"名句(《快晴》)。

鹅黄，淡黄，多指新柳。王安石《半山即事》诗之三："含风鸭绿粼粼起，弄日鹅黄袅袅垂。"与惠洪诗用法相同，两者相对成趣。

一六六、宁可失粘

王维《送元二使安西》："渭城朝雨浥轻尘，客舍青青柳色新。劝君更进一杯酒，西出阳关无故人。"先点到景，后写别情，气度从容，风味隽永。但此诗平仄失粘，须将一二句调换，由平起变仄起，方合诗律。然而"毕竟移动不得，由作者一时天机凑泊，宁可失粘，而语势不可倒转。此古人神境，未易到也"(黄生《唐诗品》卷四)。类此者甚多。李白《长门怨》："天回北斗挂西楼，金屋无人萤火流。月光欲到长门殿，别作深宫一段愁。"杜甫《奉和郑公军城秋》："秋风袅袅动高旌，玉帐分弓射虏营。已收滴博云间戍，欲夺蓬婆雪外城。"高适《塞上听吹笛》："雪净胡天牧马还，月明羌笛戍楼闲。借问梅花何处落？风吹一夜满关山。"

一六七、黄生错解《滁州西涧》

黄生为清代解诗名家，他撰著的《杜诗解》、《唐诗评》，深受好评，被当作学习唐诗的精美教材。黄氏虽然非常强调评诗须自出机杼，但有时亦难以跳出传统的儒家诗教的窠臼，将有的生动活泼、情景交融的好诗，硬是穿凿附会成刻板的政治诗。如将韦应物名诗《滁州西涧》解释为："独怜幽草涧边生"，是"喻君子在野"；"上有黄鹂深树鸣"，"喻小人在位"；三四句"春潮带雨晚来急，野渡无人舟自横"，"盖言宦途利于奔竞，而己则如虚舟不动而已"。简直异想天开。《唐诗评》补注者清朱之荆也看出问题，他找出旁证，证明黄说之谬："《太清楼帖》中公（指韦应物）手书，'生'作'行'，'上'作'尚'，若'行'、'尚'二字是，则黄解似未合。"

一六八、借有形显无形

画家最难下笔者乃无形之物。高明画家善于借有形之物暗示无形之物，将无形之物画得活灵活现。江湜《题刘彦冲画柳》诗云："柳枝西出叶向东，此非画柳实画风。风本无质难下笔，巧借柳叶相形容。"

一六九、正反映衬

唐沈彬诗云："陶潜彭泽五株柳，潘岳河阳一县花。两处争如阳朔好，碧莲峰里住人家。"（《阳朔碧莲峰》）

沈又有诗云:"玉环赐死马嵬坡,出塞昭君怨更多。争似阿婆牛背稳,笛中吹出太平歌。"

前首以陶潜五株柳、潘岳河阳花正衬阳朔碧莲峰。后首以杨贵妃、王昭君反衬农妇阿婆,教人从比较中见意味。

一七〇、妙在深转

有的诗词用推转之笔,妙在进一层,愈转愈深。如言远别思念:"刘郎已恨蓬山远,更隔蓬山一万重。"(李商隐《无题》)"平芜尽处是春山,行人更在春山外。"(欧阳修《踏莎行》)言思念之深:"梦魂纵有也成虚,那堪和梦无?"(晏几道《阮郎归》)言极端贫困:"去年贫,未是贫;今年贫,始是贫;去年贫无立锥地,今年贫连锥也无。"

一七一、七八个,两三点

辛弃疾词有名句:"七八个星天外,两三点雨山前。"(《西江月·夜行黄沙道中》)此二句乃唐卢延让《松寺》诗翻新。卢诗云:"山寺取凉当夏夜,共僧蹲坐石阶前。两三条电欲为雨,七八个星犹在天。"(《全唐诗》)

善按:卢诗写夏夜纳凉,暴雨前电闪云涌,活灵活现。辛词写夏夜寻旧日所寓客店,描写天容夜色,已开始下雨,令人有点为之着急,接着出现"旧时茆店社林边,路转溪桥忽见",令人顿时由忧转喜。笔调灵活、轻快,与赶路心情相应。

一七二、步韵诗

吴乔《围炉诗话》卷一："萧衍、王筠《和太子忏悔》诗，始是步韵。步韵，乃趋承贵要之体也。"

王若虚《滹南诗话》卷二："郑厚曰：'魏晋以来，作诗唱和，以文寓意。近世唱和，皆次其韵，不复有真诗矣。诗之有韵，如风中之竹、石间之泉、柳上之莺、墙下之蛩，风行铎鸣，自成音响，岂容拟议。夫笑而呵呵，叹而唧唧，皆天籁也，岂有择呵呵声而笑，择唧唧声而叹者哉？'慵夫曰：'郑厚此论，似乎太高，然次韵实作者之大病也。诗道至宋人，已自衰弊，而又专以此相尚，才识如东坡，亦不免波荡而从之，集中次韵者几三之一。虽穷极技巧，倾动一时，而害于天全多矣。使坡公而无此，其去古人何远哉'。"

李沂《秋心阁诗话·指陋习》："步韵尤今日通病。此例宋人作俑，前此未有也。观唐人唱和之什，不必同韵、同体，况步韵乎？今一诗成，步者纷纷，一韵屡见，如蔗柤重嚼，有何滋味。牵扯凑合，梏人才情，导人苟简，诖误后学，莫此为甚。"

李重华《贞一斋诗说·诗谈杂录》："次韵一道，唐代极盛时，殊未及之，至元、白、皮、陆始因难见巧，虽亦多勉强凑合处。宋则眉山最擅其能，至有七古长篇押至数十韵者，特以示才气过人可耳。若李杜二公当此，纵才气绰能为之，亦不屑以百万锐师，置之无用之地。盖次韵随人起倒，其遣词运意，终非一一自然，较平时自出机轴者，工拙正自判然也。近世胸中元未有诗，藉以藏拙，故离却次韵，不复能为倡和。"

善按:此数则言步韵诗来龙去脉。尤其对步韵诗弊端,言之确凿,诗家不可不引以为戒。吾以为,和诗可以作但不必步韵。

一七三、语异境殊

唐王湾描写岁末春来的五律诗,同一诗而两种书收录,题目与语句都有不同:

殷璠《河岳英灵集》题作《江南夜》云:

南国多新意,东行伺早天。潮平两岸失,风正一帆悬。海日生残夜,江春入旧年。从来观气象,惟向此中偏。

芮挺章《国秀集》题作《次北固山下》,云:

客路青山外,行舟绿水前。潮平两岸阔,风正一帆悬。海日生残夜,江春入旧年。乡书何由达?归雁洛阳边。

相比,前者用笔遣词稚嫩,后者则老练娴熟。很可能前者是初稿,后者是改作。《全唐诗》采用后者。

一七四、司马相如作赋

《西京杂记》:"司马相如为《上林赋》、《子虚赋》,意思萧散,不复与外事相关。控引天地,错综古今,忽然如睡,焕然而兴,几百日而后成。"作家构思之奇巧、创作之艰苦,于此可见一斑。

一七五、再说学诗与学禅

诗与禅为二事，然学诗与学禅颇有相近之处。

学禅须参上乘，不可学野狐外道。学诗亦必取法乎上。宋严羽云："禅家者流，乘有大小（佛经分大小二乘，佛说法因人而施，人有智愚，故所说有深浅，其说之广大深颐者为大乘经，浅显者为小乘经），宗有南北（法本如来，而开导发悟，有顿渐之异，南顿北渐），道有邪正。学者须从最上乘，具正法眼（昔如来以正法眼付大迦叶，有此眼目，方辨得邪正宗党），悟第一义（指心即是法，法即是心，真实不虚）。若小乘禅，声闻、辟支果（佛家有三乘：菩萨乘，辟支乘，声闻乘。前者普济众生，故称大乘；后二者仅求自度，故称小乘。辟支，梵语独觉之义，谓并无师承，独自悟道也。声闻，谓由诵经听法而悟道者）皆非正也。论诗如论禅，汉魏晋与盛唐诗，则第一义也；大历以还之诗，则小乘禅也，已落第二义矣；晚唐之诗，则声闻、辟支果也……傥犹于此而无见焉，则是野狐外道，蒙蔽其真识，不可救药，终不悟也。"（《沧浪诗话·诗辨》）明屠隆亦以禅家喻诗人，谓："《三百篇》是如来佛祖，《十九首》是大乘菩萨，曹、刘、三谢是大阿罗汉，颜、鲍、沈、高、岑是有道高僧，陶、韦、王、孟是深山野衲，杜少陵是如来总持弟子，太白是散圣，李长吉是幻师，郊、岛是苦行头陀，《玉台》、《香奁》是绮语破戒僧，温、李、二罗是野狐禅。"

又，学禅须参透诸经，豁然自悟，方可得道，脱胎换骨。

学诗亦如此，贵在兼采众家之长，而悟其精髓，化为养料，由遍参而归于自得，方可自成家数。韩驹《赠赵伯鱼》诗云："学诗当如初学禅，未悟且遍参诸方。一朝悟罢正法眼，信手拈出皆成章。"（《陵阳先生诗》卷二）此亦即后山所谓"学诗如学仙，时至骨自换"之意。

又，学禅在妙悟，学诗亦然。妙悟之极，如"羚羊挂角，无迹可求"，天真自然有神韵。王士禛所谓"辋川绝句字字入禅"，即此意也。如"雨中山果落，灯下草虫鸣"、"明月松间照，清泉石上流"，以及太白"却下水晶宫，玲珑望秋月"等作，皆富禅意。

诗与禅亦有别。胡应麟《诗薮》："禅必深造而后能悟，一悟之后万法皆空"；"诗虽悟后，仍须深造"。"自古瑰奇之士，往往有识窥上乘、业弃半途者"（《内编》卷二）。

一七六、荆公题诗石刻

余游皖山名胜石牛古洞，多摩崖石刻，余曾摩拓王安石诗刻。后见宋葛立方《韵语阳秋》亦有记云："皇祐三年(1051)，荆公俯倅舒，与道人文锐、弟安国，护火游石牛洞，玩李习之（翱）字，听泉而归。故有诗曰：'水泠泠而北出，山靡靡而旁围。欲穷源而未得，竟怅望而空归。'元丰间，鲁直尝至其处，亦题诗曰：'司命无心播物，祖师有记传衣。白云横而不度，高鸟倦而犹飞。'盖效其作也。"余游此揽胜访碑，作五绝云："水绕古牛转，山围古洞深。拂崖观古字，喜见古人心。"

一七七、杜荀鹤诗中的吴越风情

杜荀鹤常游吴越，熟悉当地风情。其《送人游吴》和《送友游吴越》二诗，最能点出吴越独特风物和情调。前者云："君到姑苏见，人家尽枕河。古宫闲地少，水港小桥多。夜市卖菱藕，春船载绮罗。遥思未眠月，乡思在渔歌。"后者云："去越从吴过，吴疆与越连。有园多种橘，无水不生莲。夜市桥边火，春风寺外船。此中偏重客，君去必经年。"

一七八、白诗从苦学来

白居易苦学为诗，其《与元九书》述之甚详，摘抄如下："常病诗道崩坏，忽忽愤发，或食辍哺、夜辍寝，不量才力，欲起扶之……仆宿习之缘，已在文字中矣。及五六岁，便学为诗。九岁谙识声韵。十五六，始知有进士，苦节读书。二十已来，昼课赋，夜课书，间又课诗，不遑寝息矣，以至于口舌成疮，手肘成胝。既壮而肤革不丰盈，未老而齿发早衰白，瞥瞥然如飞蝇垂珠在眸子叫也，动以百数。盖以苦学力文所致……家贫多故，二十七岁从乡试……知我者谓我诗仙，不知我者谓我诗魔……劳心灵，役声气，连朝接夕，不自知其苦，非魔而何？"

一七九、学人之诗与诗人之诗

清方有堂《辍锻录》论诗人之诗与学人之诗之区别，颇有见地，录之如下：

“学人之诗，博闻强记，好学深思，功力虽深，天分有限。未尝不应声律而舞合节，究其胜人处，即其逊人处。譬如佛家、律门弟子，守死威仪，终是钝根长老，安能一性圆明。

诗人之诗，心地空明，有绝人之智慧，意度高远，无物类之牵缠。诗书名物，别有领会；山川花鸟，关我性情。信手拈来，言近指远，笔短意长，聆之声希，咀之味永。此禅家之心印，风雅之正传也。”

善按：以上所述，盖言学人凭学问，讲格律，过分拘谨，缺少情思和想象，故曰“其胜人处，即逊人处”。

一八〇、黄叶村竹

黄叶村，芜湖人，著名画家，尤以画竹梅擅名，作有联云：“虚心竹有低头叶；傲骨梅无仰面花。”

联中竹之虚心，梅之傲骨，正是黄先生自我人格写照耳。

黄先生去世已多年，实为画林一大损失。先生生前曾为我画竹二幅，余珍藏之。

一八一、刘铭传诗

清台湾首任巡抚刘铭传，安徽肥西人。虽出身行伍，一生戎马，但有诗才，留诗一百多首，存有《大潜山房诗抄》。曾国藩评其诗“差近杜牧”。

刘诗多抒豪迈之情，颂刚正之节、直爽之性。其《遣怀》

云："名士无妨茅屋小，英雄总是布衣多。为嫌仕宦无肝胆，不惯逢迎受折磨。"《偶作》云："好管是非生性直，不忧得失此心闲。"

刘对贪官暴吏恨之入骨。其《郊行》一诗，怒斥时政，直刺官场，同情百姓，描写"官兵"下乡扰民暴行："村内掳衣物，村外牵牛羊。人多不敢阻，势凶如虎狼。老妻受惊死，一子被斫伤。骨断不能起，至今犹在床。"他怒问："问彼统兵者，是否有肝肠？"

刘亦善于描景状物，一些纪游之作，笔墨玲珑剔透，景幽情美，清新可喜。姑举《游古奇峰垂钓寒溪》一首，诗云："山泉脉脉送寒溪，溪上垂杨拂水低。钓罢秋光闲觅句，竹竿轻放断桥西。"

一八二、咏塔诗比较

宋张戒云："人才各有分限，尺寸不可强。同一物也，而咏物之工有远近；皆此意也，而用意之工有浅深。"他举诸家咏塔诗为例："章八元《题雁塔》云：'十层突兀在虚空，四十门开面面风。却讶鸟飞平地上，忽惊人语半空中。回梯倒踏如穿洞，绝顶初攀似出笼。'此乞儿口中语也。梅圣俞云：'复想下时险，喘汗头目旋。不知且安坐，休用窥云烟。'何其语之凡也。东坡《真兴寺阁》云：'山林与城郭，漠漠同一形。市人与鸦雀，浩浩同一声。侧身送落日，引手攀飞星。登者尚呀咻，作者何以胜。'《登灵隐寺塔》云：'足劝小举相，前路高且长。渐闻钟磬音，飞鸟皆下翔。入门亦何有，云海浩茫茫。'意虽有佳处，而语不甚工，盖失之易也。刘长卿

《登西陵寺塔》云：'化塔凌虚空，雄规压川泽。亭亭楚云外，千里看不隔。盘梯接元气，坐壁栖夜魄。'王介甫《登景德寺塔》云：'放身千仞高，北望太行山。邑屋如蚁冢，蔽亏尘雾间。'此二诗语虽稍工，而不为难到。杜子美则不然。《登慈恩寺塔》首云：'高标跨苍天，烈风无时休。自非旷士怀，登兹翻百忧。'不待云'千里'、'千仞'、'小举足'、'头目旋'，而穷高极远之状、可喜可愕之趣，超轶绝尘而不可及也。'七星在北户，河汉声西流。羲和鞭白日，少昊行清秋。'视东坡'侧身'、'引手'之句陋矣。'秦山忽破碎，泾渭不可求。俯视当一气，焉能辨皇州？'岂特'邑屋如蚁冢，蔽亏尘雾间'，山林城郭，漠漠一形，市人鸦鹊，浩浩一声而已哉？人才有分限，不可强乃如此。"（《岁寒堂诗话》卷上）

善按：将数首咏塔诗一一比较，杜诗高出诸人，显而易见。初学诗者宜作如此比较，从比较中辨优劣，提高眼力。

一八三、王维诗

宋张戒《岁寒堂诗话》卷上："世以王摩诘律诗配子美，古诗配太白，盖摩诘古诗能道心中事而不露筋骨，律诗至佳丽而老成，如《陇西行》、《息夫人》、《西施篇》、《羽林》、《闺人》、《别弟妹》等篇，信不减太白。如'兴阑啼鸟唤，坐久落花多'、'草枯鹰眼疾，雪尽马蹄轻'等句，信不减子美。虽才气若李杜之雄杰，而意味工夫，是其匹亚也。摩诘心淡泊，本学佛而善画，出则陪岐、薛诸王及贵主游，归则餍饮辋川山水，故其诗于富贵、山林，两得其趣。如'兴阑啼鸟唤，坐久落花多'之句，虽不夸服饰器用，而真是富贵人口中语，非仅‘笙歌归院落，灯火下楼台’之比也。”

善按：评王维诗恰如其分。分析王维出身、环境与其作诗风格形成之关系，“富贵山林两得其趣”，尤其见骨。

一八四、《西厢记》诗所本

明杨慎《升庵诗话》卷五：“尤延之《诗话》云：‘《会真记》（按即《西厢记》）“隔墙花影动，疑是玉人来”，本于李益“开门风动竹，疑是故人来”。然古乐府“风吹窗帘动，疑是所欢来”，其词乃齐梁人语，又在益先矣。近世刻李益集不见此诗，惟曾慥《诗囿》载其全篇，今录于此：“微风惊暮坐，临牖思悠哉。开门风动竹，疑是故人来。时滴枝上露，稍沾阶下苔。幸当一入幌，为拂绿琴埃。”题云《竹窗闻风寄苗发司空曙》。’”

善按：《西厢记》诗虽脱胎前人，而其雅韵贴切则过之，可谓青胜于蓝。

一八五、《三百篇》语疵

明王世贞《艺苑卮言》卷一：“诗不能无疵，虽《三百篇》亦有之，人自不敢摘耳。其句法有太拙者，‘载猃歇骄’（三名皆田犬也）；有太直者，‘昔也每食四簋，今也每食不饱’；有太促者，‘抑罄控忌’，‘既亟只且’；有太累者，‘不稼不穑，胡取禾三百廛’；有太庸者，‘乃如之人也，怀昏姻也，大无忌也，不知命也’；其用意有太鄙者，如前‘每食四簋’之类也；有太迫者，‘宛其死矣，他人入室’；有太粗者，‘人而无仪，不死何为'之类也。"

善按：所举太直、太促、太累、太庸、太鄙、太粗，皆病也。《三百篇》乃经典之作，尚有如许之病。吾人读书岂可不慎哉？孟子曰："尽信书则不如无书。"诚然。

一八六、绝佳咏老态

赵松雪有《咏老态》诗绝佳，云："老态年来日日添，黑花飞眼雪生髯。扶衰每藉过头杖，食肉先寻剔齿籤。右臂拘挛巾不裹，中肠惨戚泪常淹。移床独就南荣坐，畏冷思亲爱日檐。"非身未历老境者所能道，亦非身未历老境者所可理解。

一八七、晋诗华而不实

李白云："自从建安来，绮丽不足珍。"明陆时雍《诗镜总论》亦云："精神聚而色泽生，此非雕琢之所能为也……晋诗如丛彩为花，绝少生韵。士衡病靡，太冲病矫，安仁病浮，二张病塞。语云：'情生于文，文生于情。'此言可以药晋人之病。"又云："晋多能言之士，而诗不佳，诗非可言之物也。晋人惟华言是务，巧言是标，其衷之所存能几也？"

善按：华而不实，晋人为甚。但后代诗人，竞浮华者亦复多多。戒浮华重在戒言不由衷。言自心出，文自情生，则浮华可戒矣。

一八八、绝句滥觞

明杨慎《升庵诗话》卷十一："绝句者，一句一绝，起于《四时咏》'春水满四泽，夏云多奇峰；秋月扬明辉，冬岭秀孤松'是也。或以为陶渊明诗，非。杜诗'两个黄鹂鸣翠柳'实祖之。王维诗：'柳条拂地不忍折，松柏梢云从更长。藤花欲暗藏猱子，柏叶初齐养麝香。'宋六一翁有一首云：'夜凉吹笛千山月，路暗迷人百种花。棋散不知人换世，酒阑无奈客归家。'乐府有'打起黄莺儿'一首，意连句圆，未尝间断，当参此意，便有神圣工巧。"

善按：杨慎谓绝句起源于晋代，恐非也。吾友马君骅先生作《绝句浅论》，考证绝句由来，云："'绝句'的名称是后出的，但五言四句的小诗则起源甚早。视现有资料，汉初陆贾随刘邦定天下，作《楚汉春秋》，中有记载项羽围垓下与虞姬二人诀别诗，曰：'汉兵已略地，四面楚歌声。大王意气尽，贱妾何聊生。'稍后，汉诗中有《枯鱼过河泣》一首，曰：'枯鱼过河泣，何时悔复及。作书与鲂鲔，相教慎出入。'（见《古诗源》卷之）再后，汉诗中有《古诗二首》，其一云：'采葵莫伤根，伤根葵不生。结交莫羞贫，羞贫友不成。'（同上卷四）这些汉诗应该说已具绝句雏形。"（见《柳坡庐诗文类稿》卷二）

一八九、脱俗

明李东阳《麓堂诗话》："秀才作诗不脱俗，谓之'头巾气'；和尚作诗不脱俗，谓之'饺馅气'；咏闺阁过于华艳，谓之‘脂粉气’，能脱此三俗，则不俗矣。至于朝廷典则之诗，谓之‘台阁气’；隐逸恬澹之诗，谓之‘山林气’，此二气者，必有其一，却不可少。”

又云：“作山林诗易，作台阁诗难。山林诗或失之野，台阁诗或失之俗。野可犯，俗不可犯也。盖惟李杜能兼二者之妙。若贾浪仙之山林，则野矣；白乐天之台阁，则近乎俗矣，况其下者乎。”

善按：凡拘拘一隅，不知变通、不豁达者，皆可谓之俗。因之台阁气与山林气同样亦为俗。

一九〇、力戒猎奇

明俞弁《逸志堂诗话》卷下：“叶文庄公云：‘近之作者，嫫母蹙西施之额，童稚攘冯妇之臂，句雕字镂，叫噪聱牙，神头鬼面，以为新奇，良可叹也。’余尝见元人房白云颢诗云：‘后学为诗务斗奇，诗家奇病最难医。欲知子美高人处，只把寻常话做诗。’邱文庄濬《答友人论诗》云：‘吐语操辞不用奇，风行水上茧抽丝。眼前景物口头语，便是诗家绝妙辞。”

一九一、谚语入诗

明杨慎《升庵诗话》卷十三：“谚语云：‘三九二十七，篱畔吹觱栗。’合于《庄子》‘万窍怒号’之说，言冬至后寒风吹篱落，有声如觱栗也，亦可以为《豳风》‘一之日觱发’之解矣……余尝戏集谚语为古人诗词所引者数条，今附于此：‘月如弯弓，少雨多风；月如仰瓦，不求自下。’罗景纶诗用之。

'朝雾不出市,暮雾走千里。'范石湖诗用之。'干星照湿土,来日依旧雨。'王建诗用之。'炮车云',东坡使用之('今日江头风势恶,炮车云起雨欲作'。)'霜凇打雪凇,贫儿备饭瓮。'则东坡诗所谓'敢怨行役劳,助尔歌饭瓮'也。'日晕主雨,月晕主风',则梅圣俞所谓'月晕每多风,灯花先作喜。明日挂归帆,春湖能几里'也。天河中有黑云,谓之'黑猪头',主雨,则萧冰崖所谓'黑猪渡河天不风,苍龙衔烛不敢红'也。'秋甲子雨,禾头生耳',则杜工部所谓'禾头生耳禾穗黑'也。他如'雨洒上元灯,云掩中秋月';又'黄梅寒,井底干';又'春寒四十五,贫儿市上舞。贫儿且莫夸,且过桐子花';又'黄梅雨未过,冬春花未破;冬春花已开,黄梅再不来'……皆为唐宋诗人引用。"

一九二、似褒实讽

杜甫《赠花卿》诗:"锦城丝管日纷纷,半入江风半入云。此曲只应天上有,人间能得几回闻。"明杨慎评云:"花卿,名敬定,丹棱人,蜀之勇将也,恃功骄恣。杜公此诗讥其僭用天子礼乐也,而含蓄不露,有风人言之无罪、闻之者足以戒之旨。公之绝句百余首,此为之最。"

善按:好例。

一九三、黄鹤楼诗

元吴师道《吴礼部诗话》谓:"崔颢《黄鹤楼》诗,题下自注曰:'黄鹤,乃人名也。'其诗云:'昔人已乘白云去,此地空余黄鹤楼。'云乘白云,则非乘鹤矣。《图经》载费文袆登仙驾鹤于此。《齐谐志》载仙人子安乘黄鹤过此。皆因黄鹤而为之说者,当以颢之自注为正。"

善按:今本皆谓"昔人已乘黄鹤去",而非"乘白云"。吴师道以为改"乘白云"为"乘黄鹤",乃始于唐李邕《岳麓寺碑》,该碑"题江夏黄仙鹤刻","此固邕寓名"。后人可能据此碑以及野史所载传说,而径直理解为"乘黄鹤"。

又按:此一说甚新奇有趣。

一九四、唐代七绝压卷之作

清方东树《昭昧詹言》卷二一:"李沧溟推王昌龄'秦时明月'为压卷,王凤洲推王昌龄'葡萄美酒'为压卷。王阮亭则曰:'必求压卷,王维之"渭城"、李白之"白帝"、王昌龄之"奉帚平明"、王之涣之"黄河远上",其庶几乎。而终唐之世,无有出四章之右矣。'沧溟、凤洲主气,阮亭主神,各自有见。余谓李益之'回乐峰前',柳宗元之'破额山前',刘禹锡之'山围故国',杜牧之'烟笼寒水',郑谷之'扬子江头'气象稍殊,亦堪接武。"

善按:前人由于选择的标准不同。故举出的篇什不同。其实以上诸家所举诸七绝,从思想性、艺术性衡量皆为上乘之作,后之学诗者宜熟读,奉为榜样。

一九五、貌合神离

唐荆叔《题慈恩寺塔》:"汉国山河在,秦陵草木深。暮云千里合，无处不伤神。”首二句盖本老杜“国破山河在，城春草木深”。然二者是味之厚薄，迥然不同。前者汉国之山河本在，秦陵之草木原深，乃直写眼前之所见。若杜诗乃写国已破亡，尚在者只有山河；城已春来，本应人烟熙攘，如今不见人只见草木深。彼此对照，令人倍感国破家亡，无限伤怀。二者貌似神差，用意有深浅，技术有高低也。

一九六、自然与造作

东坡句：“风来震泽帆初饱，雨入松江水渐肥。”卢襄句：“眼馋正得看山饱，梅瘦聊须著雨肥。”两诗均用“饱”与“肥”。前者自然：风一吹来，太湖上舟船风帆鼓胀起来；雨水灌入松江，江水饱涨。后者造作，“眼馋”与“看山饱”何干？“梅瘦”与“雨肥”何干？生拉硬扯，有意求奇。前者下笔轻松自如，后者板滞吃力。正如宋吴可《藏海诗话评》云：“上联不害为佳联。下二句直村学中捉对耳。盖先下‘馋’、‘瘦’字，便似有意求奇，不似上联自然合拍也。”

一九七、古人存诗

由于时事变易和战乱等多种原因，古人诗文亡佚者甚多。现保存诗最多者，据有关统计，宋陆游存九千三百首，次则唐白居易，存二千八百零六首。陆、白二公诚大幸也。

一九八、题画诗

清方东树《昭昧詹言》卷二一："唐以前未见题画诗，开此题者，老杜也。其法全在不粘画上发论，为题画马画鹰，必说到真马真鹰，复以真马真鹰开出议论。后人可以为式。又为题画山水有地名可按者，必写出登临凭吊之意。题画人物有事实可指者，必发出知人论世之意。本老杜法推广之，才是作手。"

善按：画上题诗，是我国绘画艺术特有的一种民族风格。画家为了阐发画意，寄托感慨，往往于作品完成后，在画面上题诗，使诗情画意相得益彰。题画诗不一定是画家自题，亦可由别人作，诗人画家合作，更有价值。杜甫为创作题画诗带头人。他写的题画诗传神入化，姑举《画鹰》五律，诗云："素练风霜起，苍鹰画作殊。扨身思狡兔，侧目似秋胡。绦镟光堪摘，轩楹势可呼。何当击凡鸟，毛血洒平芜。"浦起龙《读杜心解》评曰："起作惊疑回答之势……'扨身'、'侧目'，此以真鹰拟画，又是贴身写。'堪摘'、'可呼'，此从画鹰见真，又是饰色写。结则竟以真鹰气概期之，乘风思奋之心，疾恶如仇之志，一齐揭出。"可见此诗既生动地表现出画技之高超，亦借画抒情，表现出诗人和画家疾恶如仇之心，奋发向上之志。

一九九、庾信诗

明王世贞《艺苑卮言》卷九："杜工部称庾开府曰清新。

清者，流丽而不浊滞；新者，创见而不陈腐也……《寄王琳》云：'玉关道路远，金陵信使疏。独下千行泪，开君万里书。'《望渭水》云：'树似新亭岸，沙如龙尾湾。犹言吟暝浦，应有落帆还。'此二绝，即一篇《哀江南赋》也。《重别周尚书》云：'阳关万里道，不见一人归。惟有河边雁，年年南向飞。'《咏桂》云：'南中有八桂，繁华无四时。不识风霜苦，安知零落期。'唐人绝句，皆仿效之。"

又云："庾信之诗，为梁之冠绝，启唐之先鞭。史评其诗曰绮丽，杜子美称之曰清新，又曰老成……子山之诗，绮而有质，艳而有骨，清而不薄，新而不尖，所以为老成也。若元人诗，非不绮丽，非不清新，而乏老成。宋人诗则强作老成态度，而绮艳、清新，概未之有。若子山者可谓兼之矣。"

善按：庾信诗清新而又老成，二者兼备独难，故后人盛赞之。

二〇〇、诗人之笔

清田同之《西圃诗说》："山川草木，花鸟禽鱼，不遇诗人，则其情形不出，声臭不闻。诗人之笔，盖有甚于画工者。即如雪之艳，非左司不能道；柳花之香，非太白不能道；竹之香，非少陵不能道。诗人肺腑，自别具一种慧灵，故能超出象外，不必处处有来历，而实处处非穿凿者。固由笔妙，亦由悟高，彼钝根人，乌足以知此。"

善按：从某种角度看，诗笔空间、时间更广阔不受限制，故涉及面更广、更深，优于画笔。

二〇一、姜夔论诗

读《白石老人诗话》，精辟之论甚多，摘其会心者数则如下：

大凡诗，自有气象、体面、血脉、韵度。气象欲其浑厚，其失也俗；体面欲其宏大，其失也狂；血脉欲其贯穿，其失也露；韵度欲其飘逸，其失也轻。

人所易言，我寡言之；人所难言，我易言之，自不俗。

难说处一语而尽，易说处莫便放过。僻事实用，熟事虚用。说理要简切，说事要圆活，说景要微妙。多看自知，多作自好矣。

小诗精深，短章蕴藉，大篇有开阖，乃妙。

学有余而得约用之，善用事者也；意有余而约以尽之，善措辞者也；乍叙事而间以理言，得活法者也。

语贵含蓄。东坡云："言有尽而意无穷者，天下之至言也。"

清庙之瑟，一唱三叹，远矣哉！后之学诗者，可不务乎？若句中无余字、篇中无长句，非善之善者也；句中有余味、篇中有余意，善之善者也。

意中有景，景中有意。

波澜开阔，如在江湖中，一波未平，一波已作。如兵家之阵，方以为正，又复是奇；方以为奇，忽复为正。出入变化，不可纪极，而法度不可乱。

诗有四种高妙：一曰理高妙，二曰意高妙，三曰想高妙，四曰自然高妙。碍而实通，曰理高妙；出自意外，曰意高妙；

写出幽微，如清潭见底，曰想高妙；非奇非怪，剥落文采，知其妙而不知其所以妙，曰自然高妙。

一篇全在尾句，如截奔马。词意俱尽，如临水送将归是已；意尽辞不尽，如抟扶摇是已；词尽意不尽，剡溪归棹而已；词意俱不尽，温伯雪子是已。

二〇二、虚与实

诗从纵的层次来分虚实，形为实，神为虚。前者可捉摸，神虽不可捉摸，但可通过“形”来体会感悟。这叫做“以形传神”，亦即以实传虚。神离形无法存在，形离神则枯干无味。《诗品》：“寓目辄书，内无乏思，外无遗物，其繁富宜哉？”这是批评有的诗一味追求表面逼真，罗列景物，穷形极相，似则似矣，却无生命。如同样鸟鸣，谢灵运《石门岩上宿》：“鸟鸣识夜栖，叶落知风发。”孙觌《宿善法寺》：“鸟鸣空院静，人语夜堂深。”前者从人人皆知的事物外在因果关系来写，缺乏诗人独特的感悟体验，形不传神，故没有意境，有实无虚。而后者诗人从“鸟鸣”感悟到“空院静”，从“人语”体验到“夜堂深”，形中有神，实中见虚，读者如闻其声，如入其境。

诗从横的方面分析，象内为实，象外为虚。好的诗，诗中可见之景富于引发力，读者由象内之实景激发起想象，自然联想到象外的虚景。如沈约《石塘濑听猿》：“噭噭夜猿鸣，溶溶晨雾合。不知声远近，惟见山重叠。既欢东岭唱，复伫西岩答。”晨雾笼罩，只隐约露出重重叠叠的山峦，但从猿声的唱答，此呼彼应，读者自可想见山谷的幽深、树木的葱茏、景色的苍茫、生灵的活跃。这就叫“超以象外，得其环中”，“不着一字，尽得风流”。

虚实之道是诗人与读者之间情感体验沟通的桥梁。诗人所写，必有取舍，但取何舍何，均以能否引起读者想象为准则，引发力的强弱，决定着诗的品位的高下。

二〇三、雅与俗

“雅”与“俗”表现在遣词和意境上，是两个不同的概念。遣词上，指用雅言入诗或用俗言入诗。雅言，即经过文人润色的、雅正的、合乎规范的语言。俗言，是指大众的、通俗的语言。前者如“花径不曾缘客扫，蓬门今始为君开”；“虎踞龙蟠今胜昔，天翻地覆慨而慷”。后者如“锄禾日当午，汗滴禾下土。谁知盘中餐，粒粒皆辛苦”；“如今争吃唐僧肉，哪个农民敢种田”（聂绀弩《推磨》）等。意境上，雅是指高雅，即高尚、美好；俗是指粗俗，即粗鄙、庸俗。

遣词上，用雅言或用俗言都是允许的，这叫做雅俗共赏。比如同样反映古代战争征役给广大人民带来莫大痛苦，可以用雅言：“可怜无定河边骨，犹是深闺梦里人。”也可以用俗言：“打起黄莺儿，莫叫枝上啼；啼时惊妾梦，不得到辽西。”

意境上，雅俗则不能“共赏”。因为一切文学艺术，都追求高尚、优美，用以陶冶人们美好的情操；而避免粗鄙庸俗，用不健康的东西毒害人。有的诗，意境庸俗低下而措辞雅致，就更加要不得。如“万般皆下品，唯有读书高”等等。

俗言能作雅诗，如上举“打起黄莺儿”诗，语言通俗而含义蕴藉，不仅写出一位女子思夫的深情，进而反映了一个战祸连年、妻离子散的悲剧年代，因而在唐诗中品位很高。

雅言也能写通俗诗。词语雅致，但深邃的含义，大家都能理解。如“欲穷千里目，更上一层楼”；“江流天地外，山色有无中”；“沉舟侧畔千帆过，病树前头万木春”；“飞流直下三千尺，疑是银河落九天”，等等，都是雅而俗的名篇绝唱。

二〇四、乔羽的《算盘歌》

当代著名歌词作家乔羽，写了许多脍炙人口的歌词。早年如《我的祖国》、《让我们荡起双桨》等，近年如《难忘今宵》、《夕阳红》、《爱我中华》等，皆为众口传唱的经典之作。近年又为山东拍摄的电视剧《算圣》写了一首主题歌——《算盘歌》，独创一格。词云：

> 下面的当一，上面的当五。一盘小小算珠，把世界算得清清楚楚。哪家贪赃枉法？哪家洁白清苦？俺叫你心中有数。三下五除二，二一添作五。天有几多风云？人有几多祸福？君知否？——这世界缺不了加减乘除。

用幽默调笑的笔触，传达了明辨是非的严肃主题，耐人寻思玩味。这里小小算盘人格化了，眼明心亮，逗人喜爱。

二〇五、活用典故

诗忌用僻典，因其难以理解，“隔”了一层，但如用得活，用得贴切，就两个字可抵千言万语，不但使文字精练，而且能给读者带来丰富的历史联想。如有人悼念贺龙诗云："风雨无情摧大树，江山不幸失长城。""大树"、"长城"，皆为用典，不知其为用典者，亦知贺龙去世的巨大损失。如知其用典，更觉其妙。前者指东汉将军冯异，他曾参加消灭割据势力的战争，功勋卓著，但诸将军坐论功时，他却退避树下，军中因尊称他为"大树将军"。后者指南朝宋将檀道济，因为文帝所忌，被杀时，道济愤怒投帻于地，说："乃坏汝万里长城！"这两个比喻用来比喻贺龙，非常贴切。读者若知典故内涵，当更为浮想联翩，对"文革"荒诞之错，认识尤深也。

二〇六、"三应"诗

应酬诗古称"三应"诗。所谓"三应"，乃指应制、应酬、应景。应制，指古代皇帝有"御制"，臣下为逢迎拍马，纷纷依韵奉和。应酬，指朋友间交往，互相依韵酬答。应景，指春夏秋冬或节日不同，以之为题而吟唱。这一类诗，公式化、概念化居多，很难写出优秀之作，故古今鄙之。有人以为，这类诗"适应社会需求"也可以写一点。但"要力求个性化"，"写自己的真思想、真感情、真性灵；即使是宏观的共有的大题材，也要力求投入自我"。其次，"奉和最好和意不和韵，以免受拘束"（见丁芒《〈中华当代酬唱诗精选〉序》）。其识见颇精辟。

二〇七、妙哉！咏物诗

"托物言志",乃咏物诗重要特征。近读湖南湘潭教师刘伯林《咏粉笔》:"近墨仍然白,冰心不染埃。为君能解惑,何惜骨成灰。"读之拍案叫绝。既咏物(粉笔),也咏人(教师),物性人品,两得其彰。

又读福建林宗峰《咏斗笠》:"愿随大众历风雨,羞与闲夫作比邻。日晒雨淋常自乐,身居人上不欺人。"尾句尤其值得当官做老爷者细细揣思。

又读广东梁宝琦《蜘蛛》,刺当前官场某些腐败现象也入木三分。诗云:"千丝万缕腹中抽,纵结横联有大谋;全仗层层关系网,一方墙角作王侯。"

二〇八、起句飘渺

清余成教《石园诗话》卷一:"太白诗起句飘渺,其以'我'字起者亦突兀而来。如'我随秋风来'、'我家敬亭下'、'我携一尊酒'、'我觉秋风逸'、'我昔钓白龙'、'我有万古宅'、'我行至商洛'、'我有紫霞想'、'我今浔阳去'、'我昔东海上'、'我本楚狂人'、'我来竟何事'、'我宿五松山'、'我浮黄河去京阙'、'我吟谢朓诗上语'之类是也。"

善按:此虽突兀飘渺,但"我"字起笔重复太多,亦是一病,初学写诗者不可依样画葫芦也。

二〇九、得于心，形于笔

明陆时雍《诗镜总论》：“诗须观其自得。陶渊明《饮酒》诗：‘一觞虽独进，杯尽壶自倾。’‘提壶抚寒枝，远望时复为。’又，‘昔人既屡空，春兴岂能免？’‘寒竹被荒蹊，地为罕人远。’此为悠然乐而自得。谢康乐：‘樵隐俱在山，由来事不同。不同非一事，养疴亦园中。中园屏氛杂，清旷招远风。’此为旷然遇而无罣。见古人本色……夫咏物之难，非肖难也，惟不局局于物之难。玄晖‘余霞散成绮，澄江静如练’，‘天际识归舟，云中辨江树’，山水烟雾，皆成图绘，指点顾盼，遇合得之。古人佳处，当不在言语间也。”

二一〇、唐僧灵彻诗

明杨慎《升庵诗话》卷十四：“僧灵彻有诗名于中唐。《古墓》诗云：‘松树有死枝，冢墓唯莓苔。石门无人入，古木花不开。’《天台山》云：‘天台众山外，岁晚当寒空。有时半不见，崔嵬在云中。’《九日》云：‘山僧不记重阳节，因见茱萸忆去年。’诸篇为刘长卿、皇甫冉所称，予独取《天台山》一绝，真绝唱也。”

二一一、似与不似

金王若虚《滹南诗话》卷二：“东坡云：‘论画以形似，见与儿童邻。赋诗必如此，定非知诗人。’夫所贵于画者，为其似耳;画而不似则如勿画。命题而赋诗,不必此诗果为何语。然则坡之语非欤?曰:论妙于形似之外,而非遗其形似;不窘于题,而要不失其题,如是而已耳。世之人不本其实,无得于心,而借此论以为高,画山水者,未能正作一木一石,而托云烟杳霭,谓之气象;赋诗者茫昧僻远,按题而索之,不知所谓,乃曰格律贵尔。一有不然,则必相嗤点,以为浅易而寻常,不求是而求奇,真伪未知,而先论高下,亦自欺而已矣,岂坡公之本意也哉?"

又,明杨慎《升庵诗话》卷十三:"东坡诗言画贵神,诗贵韵也。然其言有偏,非至论也。晁以道和公诗云:'画写物外形,要物形不改。诗传画外意,贵有画中态。'其论始为定,盖欲以补坡公之未备也。"

二一二、朱熹评宋僧志南诗

宋赵与虤《娱书堂诗话》卷上:"僧志南能诗。朱文公曾跋其卷曰:'南诗清丽有余,格力闲暇,无蔬笋气。如云'沾衣欲湿杏花雨;吹面不寒杨柳风'。予深爱之。"

二一三、以真为画和以画为真

杜甫《蜀山水图》云:"沱水流中座,岷山赴北堂。白波吹粉壁,青嶂插雕梁。"——此以画为真。

曾吉父诗云:"断崖韦偃树,小雨郭熙山。"——此以真为画。盖言此处断崖树、小雨中之山,如韦偃、郭熙所画。

二一四、一意两用

古人诗，往往在两首中出现同样立意。当是写诗多，自已也忘记前时咏过之意，故后来执笔，老调重弹。宋吴幵《优古堂诗话》举例云："乐天：'自从苦学空门法，销尽平生种种心。唯有诗魔降未得，每逢风雪一闲吟。'又云：'人各有一癖，我癖在章句。万缘皆已销，此病独不去。'此意凡两用也。太白：'举杯邀明月，对影成三人。'又云：'独酌劝孤影。'此意亦两用也。然太白本取渊明'挥杯劝孤影'之句。"

二一五、吴梅村评龚鼎孳

龚鼎孳，明末清初合肥人，甲戌进士，入清为太仆寺少卿。与著名诗人吴梅村相知，时人称吴、龚为"徐庾复出"。《梅村诗话》评龚诗云："孝升（鼎孳号）于诗最秀颖高丽，声调遒劲，有义山之风。余尝忆其润州一首中联云：'乱后江声犹北固，坐中人影半南冠。'激昂慷慨，犹是此书（指龚给吴的书信，《梅村诗话》全录）大意。可为三叹！"

二一六、古色古香

旧体诗应不同于新诗，也非顺口溜、快板，应具有古色古香。但古色古香不等于"假古董"。今有位姓张词人，写《客居》词《临江仙》："帘影故家词馆，笛声旧日江城。一春深院少人行。微风花乱落，小雨草丛生。　驿路千山万水，戍楼三点三更。繁华回忆不分明。离樽人自醉，残烛梦初醒。”此词感情灰暗，内容贫乏，毫无新鲜的时代印痕，很像封建时代失意落魄文人无可奈何的哀鸣，不可能唤起现代人的思想共鸣。词中用了“帘影”、“笛声”、“深院”、“戍楼”、“更点”、“离樽”、“残烛”等古人常用的字眼，在作者可能认为这就是古色古香，实则是脱离实际令人作呕的陈词滥调；也可以说是从古词中东摘西凑而成的赝品，是典型的假古董。

与之相比的有石瑛《蝶恋花·回乡偶书》：“家乡十载未曾见。今日归来，尽觉风光变。矮屋茅檐都改换，高楼处处崭新院。　　欲寻旧日穷同伴。叩得门开，叫我难分辨。领带西装微胖面，当年可是耕田汉？”此词今人写今事，通过今昔对比，生动地反映出改革开放十年来家乡农村的巨大变化。时代气息浓厚，且用词活泼新鲜，但严遵词牌平仄用韵格式，可谓旧瓶装新酒，形式上古色古香，内容则新鲜生动。

上两词对比，可见古色古香绝非食古不化、拾古人牙慧，而必须用旧形式注入新生活、新思想、新感情、新词语，有所创造和更新。

二一七、藏与露

露与藏（亦称隐与显）这对矛盾的统一是艺术辩证法。诗贵含蓄，讲求“弦外之音”、“文外之旨”，故以“藏”为矛盾的主导面。但“善藏者未始不露”（唐志契《绘事微言》）。倘若只藏不露，只能像现代朦胧诗，徒然令人糊涂而已。藏中如何露？总结古人诗。大体表现为以下几方面：

1. 从命题显露命意。如朱庆余《近试上张水部》（“洞房昨夜停红烛”）、朱熹《观书有感》（“半亩方田一鉴开”），读者从诗题中得知全诗写的是“近试”、是“观书”，自可领悟诗中妙趣。

2. 从用典曲折显露诗旨。杜牧《泊秦淮》后二句“商女不知亡国恨，隔江犹唱《后庭花》”，就是通过南朝陈后主创制并沉迷于亡国之音《玉树后庭花》的典故，来影射讽刺晚唐那些沉迷于声色的王公贵族，暗示其必然败亡的命运，借古讽今的题旨便昭然若揭。

3. 用双关语暗示。如乐府民歌《子夜夏歌》：“春倾桑叶尽，夏开蚕务毕。昼夜理机丝，知欲早成匹。”以织布成匹暗指匹配，结成配偶，一语双关，妙味无穷。刘禹锡“东边日出西边雨，道是无晴却有晴”。“晴”关“情”，暗示男女之情。

4. 旁敲侧击，边藏边露。王安石诗句：“含风鸭绿粼粼起，弄日鹅黄袅袅垂。”由“粼粼起”形容词，自可想见“鸭绿”指池水；由“袅袅垂”亦可想见是垂柳。无可诗句：“听雨寒更尽，开门落叶声。”（《秋寄从兄贾岛》）首句说“夜雨”，下句写见“落叶”。先藏后露，后一句显出前一句所写“夜雨”是错觉，乃是耳听“落叶”声。

总之，诗以藏为上，但藏不等于晦涩，不可捉摸；而露也不等于赤裸裸，直来直去，而须耐思索和回味。

二一八、十个“不如”

诗人丁芒曾发表《诗艺求精，请处理好十个“不如”》评

论文章(见《江北诗词》2002 年第六期)。以为诗词创作要出精品,须大力提高创作水平,他从十个方面提出建议,摘要如下:

1. 着眼(立意)小不如大,着手(表现)大不如小。即诗人要站在时代的制高点上,俯视世象,为正义立言,主题立意的社会价值越高越好。但在取材表现上,要从小处、实处、具体形象着手,越是"小中见大",越具有形象感染力,越能启动人们的联想。切忌政治口号、公式化、概念化。

2. 思路同不如异,套不如创。即构思用笔不要熟套,要创新。要丢开一切记忆,自己向茫茫荒野中去趟出一条路来。鲁迅说:"路是人走出来的。"这话对当代诗坛针对性太强了。

3. 抒情主体众不如个,外不如内。即力避公众化,力求个性化;力避浅层次的共性感情的重复,力求内在的真切的感情外溢。

4. 诗意传达显不如隐,直不如曲,力避直道其详,力求曲折、暗示。诗史,是以文人诗为标志的历史。文人诗不满足于民歌的明白晓畅、直抒胸臆,而需要更高境界、更多诗意,才更具艺术魅力。

5. 建构意象,状不如喻。正面描写不如多面映照;直状景物,不如托物比喻。

6. 结构意象(众多意象的有序链接),密不如松。意象过密,尤其是长调诗词,形成意象堆叠、组构无序,反无助于传达。新诗中之朦胧诗,往往因意象过密,而又结构散乱,造成朦胧费解。

7. 章法(全诗的内在结构),平不如险。力避平铺直叙，力争波澜起伏，忽出奇思险象，出人意外，常有突兀奇峭的效果，全诗整体也就有了波澜起伏之致。以打排球为喻，以绝句为例，一二句如一传手接球，第三句如二传手托球、配球，第四句如主攻手，一锤定功，所以第三句特别重要。

8. 锻炼尾句，实不如虚。许多好诗，大多尾句特别警出，如“抓把春风也发芽”，形容大好时代的农业，看似虚玄，实则新颖、实际，给读者留下了广阔的想象空间。

9. 格调，正不如反。只要主题思想正确，何妨正话反说，反话正说。正不如反还包括：直不如曲，常不如奇，明不如暗（暗示），颂不如刺，刺不如幽（幽默）。写诗不必一本正经，幽默奇峭，效果更好。既歌颂，也可嬉笑怒骂。一味正面，反映了人们的心态不正常，能产生夸饰、作秀之弊。这种惯性，来自民族性、社会性的深处，非一时能扭转过来，也就成了当代诗坛的痼疾。诗人如果不医好这个心态，思想不自由，灵魂受禁锢，甚至还可以此去敲打别人，以其“自封”来封杀他人，这样的人能写出精品来吗？

10. 语言，雅不如俗。把文言说成雅言，口语说成俚俗，是观念上的错位。当代诗词理应使用当代口语。不但语汇，连语序、语气、语流，都应当口语化。

二一九、李杜之别

清阙名《静居绪言》：“太白诗寄兴物外，故意在言外；子美之诗兴在目前，故意在言内。李诗《骚》，杜诗《史》也。李诗凭空缔构，杜贵实境举足。故杜诗尤易使人激昂感喟。”

又云：“读供奉之诗，如合大部乐，无论滞惫幽鄙之怀，为之冲旷；如焚百和香，无论邪僻秽败之气，为之消息。随举一韵一篇，势如转丸，灭绝斧痕凿迹。至其电之而为天笑，波之而为海立，岂凡才可拟、尘步可跋哉？”

又云：“杜陵诗只在人伦事物之间，无甚幻思奇想，何以古今无二？毕竟识见过人，不必谓其所遇之坎坷及无一字无来历为妙也。即常语一经此老道之，便觉异样生色……学杜诗不必拘泥于黄涪翁（山谷）、刘须溪（辰翁）之见。涪翁专于生涩古奥，须溪独主僻险奇峭。不知杜陵此种笔墨，散见于篇什，以振作其平弱，错综其板直，故某篇间或点缀一二语而不自觉也。譬如造百药酒，而酒为之导，若尽以药造之，不为螫口亦难矣。”

又云：“学杜诗，当从其细腻熨贴、志气无敌处着意索解，乃见其自然工夫。”

二二〇、韵·味·才·气

宋张戒《岁寒堂诗话》卷上：“韵有不可及者，曹子建是也……观子建‘明月照高楼’、‘高台多悲风’、‘南国有佳人’、‘惊风飘白日’、‘谒帝承明庐’等篇，铿锵音节，抑扬态度，温润清和，金声而玉振之，辞不迫切，而意已独至，与（三百五篇）异世同律，此所谓韵不可及也。”

“味有不可及者，渊明是也……渊明‘狗吠深巷中，鸡鸣桑树巅’、‘采菊东篱下，悠然见南山’，此景物虽在目前，而非至闲至静之中，则不能到。此味不可及也。”

“才力有不可及者，李太白、韩退之是也……李太白、韩退之才力俱不可及，而就其中退之喜奇崛之态，太白多天仙之词，退之犹可学，太白不可学也。”

“意气有不可及者，杜子美是也……杜子美气吞曹刘，固无与为敌。如放归鄜州而云：‘维时遭艰虞，朝野少暇日。顾惭恩私被，诏许归蓬荜。’新婚戎边而云：‘勿为新婚念，努力事戎行。罗襦不复施，对君洗红妆。’《壮游》云：‘两宫各警跸，万里遥相望。’《洗兵马》云：‘鹤驾通宵凤辇备，鸡鸣问寝龙楼晓。’凡此皆微而婉，正而有礼，孔子所谓‘可以兴、可以观、可以群、可以怨，迩之事父，远之事君’者。如‘刺规多谏诤，端拱自光辉’，‘俭约前王体，风流后代希’，‘公若登台辅，临危莫爱身’，乃圣贤清言，非特诗人而已。”

二二一、“瓮算”对“瓶笙”

元韦居安《梅涧诗话》卷中：“东坡诗注曰：‘有一贫士，家惟一瓮，夜则守之以寝。一夕，心自惟念：苟得富贵，当以钱若干营田宅，蓄声妓，而高车大盖，无不备置。往来于怀，不觉欢适起舞，遂踏破瓮。故今俗间指妄想者为瓮算。’又诗序云：‘刘几仲饯饮东坡，中觞闻笙箫声，若在云霄间，抑扬往返，粗中音节。徐察之，出于双瓶，水火相得，自然吟啸。食顷乃已，作《瓶笙》诗纪之。’刘后村即事诗一联云：‘辛苦谋身无瓮算，殷勤娱耳有瓶笙。’以‘瓮算’对‘瓶笙’，甚的。”

二二二、名家论诗名言

范晔：“情志所托，故当以意为主，以文傳意。以意为主，则其旨必见；以情傅意，则其辞不流。然后抽其芬芳，振其金石。”

挚虞：“假象过大，则与类相远；造词过壮，则与事相违；辨言过理，则与义相失；靡丽过美，则与情相悖。”

刘禹锡：“片言可以明百意，坐驰可以役万景，工于诗者能之。”

韩愈：“养其根而俟其实，加其膏而希其光。根之茂者其实遂，膏之沃者其光晔……和平之声淡薄，愁思之声要妙，欢愉之辞难工，穷苦之言易好。”

李梦阳：“古人之作，其法虽多端，大抵前疏者后必密，半阔者半必细，一实者一必虚，叠景者意必二……前有浮声，则后须切响。一简之内，音韵尽殊；两句之中，轻重悉异，即如人身以魂载魄，生有此体，即有此法也。”

谢榛：“近体诵之行云流水，听之金声玉振，观之明霞散绮，讲之独茧抽丝。诗有造物，一句不工则一篇不纯，是造物不完也。”

姜夔：“雕刻伤气，敷衍伤骨。若鄙而不精，不雕刻之过也；拙而无委曲，不敷衍之过也……人所易言，我寡言之；人所难言，我易言之。”

二二三、翻新一例

曹植七步诗：“煮豆燃豆萁，豆在釜中泣。本是同根生，相煎何太急！”——以萁豆相煎作喻，讽喻其兄曹丕（魏文帝）不该对亲弟弟忌恨迫害。诗切情切理，故其兄为之打动。宋梅尧臣有《田家》诗：“南山尝种豆，碎荚落风雨。空收一束萁，无物充煎釜。”——写田家遭灾，种豆绝收，辛苦终年，只收了一束无豆的豆萁，想以煮豆都不可能。后诗明显由前诗“煮豆燃豆萁”联想生发，但二者立意截然不同。前者用喻意，后者则借只有豆萁没有豆的事实，同情农民疾苦。故后者乃翻新前者。

二二四、仇幼鹤风格

吾友仇公幼鹤，诗坛作手。不久前曾出版《明碧轩吟稿》，选收诗词四百余首。仇公主张：“诗词要表现生活中的实际感受，使生活和感受诗词化，与诗词同在，与诗词俱美。”（见该书《前言》）这正一语道破他的诗词创作特色。在他的作品中，咏唱夫妻情、家庭爱、天伦乐等日常生活的篇什颇多。诗人怀着怡然自乐的心情，捕捉看似平常实则贮满诗意的生活细节，从容不迫，以朴实平淡之语，用素描笔法勾勒出来，人物音容笑貌，栩栩如在眼前。诗中描写老妻尤为传神：“粉蝶翩翩绕杖行，依依相伴颇多情。老妻素有生灵爱，捕得姣蛾又放生。”（《杂兴》之一）“人在黄昏兴未移，草绵风软两相依。老妻仍有童心在，戏学归禽恰恰啼。”（《杂兴》之五）。“柳岸迎风浴面清，晨光映水碧莹莹。老妻最爱湖边晓，自驾轻车载伴行。”（《老妻驾三轮摩托载我游镜湖》）看！从捉蝶放蝶、学鸟啼叫、驾车游湖这些特写镜头中，惟妙惟肖地揭示出老妻慈善的心灵、爽朗的性格、乐观的情怀，以及老而弥笃的伉俪深情。仇公的这些诗，正如吾师祖翁保泉先生所评：“幼鹤知足常乐，安然自适。反映在他诗里就有一种安然自乐的神态……往往构思绵密，措辞不雕不琢而一任自然,生活情趣自在其中。这就是《明碧轩吟稿》的特色,亦可称之谓'仇幼鹤风格'。"(见该书《序》)我想,要学到这种风格,首先要能像仇公那样潇洒人生、热爱生活,从实际生活中吮吸美、捕捉美。

二二五、蛙声十里出山泉

青蛙鸣叫乃为求偶,繁衍后代。幼蛙乃名"蝌蚪"。明此,则可悟齐白石老人《蛙声十里出山泉》画构思之巧。此画中并未画青蛙,笔墨极简:一道山泉从高处隐隐而下,一群小蝌蚪顺泉嬉游。观画者通过视觉、听觉的通感和联想,由山泉隐隐可想见其水之长在十里外;见蝌蚪成群,自然会联想到青蛙甚多,蛙声一片。

二二六、巧用语典

"吾衰久矣双蓬鬓,归去来兮一钓丝"。这是南宋诗人范成大的名句。范成大原在朝中供职,但腐败的南宋小朝廷每况愈下,许多志士仁人遭权奸排挤,壮志莫酬。范成大亦屡遭谗毁,他失去信心,坚决辞官归隐故乡。他写了《春晚》一诗,以抒愁情。诗中将摇摇欲坠的南宋小朝廷比作"荒园萧瑟",他"懒追陪",宁愿归隐"窗下"睡觉、"樽前"吟诗。"吾衰久矣……"上述二名句是全诗的"点睛"之笔。诗人由"花老"而联想到了人老。这里"吾衰久矣",既是字面义,也是暗暗用典。《论语·述而》:"子曰:'甚矣!吾衰也!久矣,吾不复梦见周公。'"孔子之言,乃慨叹当时"王道"沦丧，他心目中所向往的周公盛世一去不复返。诗人巧借其意，以“吾衰久矣”慨叹南宋小朝廷频于崩溃，他所向往的大宋王朝一统天下的局面恢复无望。他感伤自己心力交瘁，回天无术，只好“归去来兮一钓丝”——退归故里，隐居垂钓。“归去来兮”也是用典。诗人陶渊明身处东晋行将灭亡之际，因不甘心向小人折腰毅然抛弃官职，归隐故乡，作《归去来兮辞》以表明心迹。诗人范公取“归去来兮”入诗，也正是以陶公自况，表明了他的高洁情操。本诗将这两个语典顺手牵来，不仅取其义，形式上也属对工整，上下铿锵，简直是天作之合。

无独有偶，今诗人李汝能《和振励兄赠别》亦有一联妙语：“思无邪也真诗客，出有车兮多鸟官。”上句引自《论语·为政》：“《诗》三百，一言以蔽之，思无邪。”此处以“思无邪”与诗友共勉。下句“出有车”是对《战国策·齐策》孟尝君食客冯谖弹铗歌‘长铗归来乎出无车’的反用，以讽刺官场，表示对国事休咎耿耿于心。

二二七、施愚山稿本的启示

鲁迅《且介亭杂文·不应该那么写》一文，回答文学青年“应该怎么写”的问题，主张要多看大作家的作品，尤其是稿本，从修改中领悟“应该这么写，不应该那么写”。他还引用俄惠列赛耶夫《果戈理研究》中的一段话：

应该这么写，必须从大作家们完成的作品去领会。那么，不应该那么写这一面，恐怕最好是从那同一作品未定稿本去学习了。在这里，简直好像艺术家在对我们用实物教授，恰如他指着每一行，直接对我们这样说："你看哪，这是应该删去的，这要缩短，这要改作，因为不自然了；在这里，还得加些渲染，使形象更加显豁些。"

这一番话，真可谓金玉良言，我从学诗的实践中深有体会。我在校点整理清初著名诗人施闰章（字愚山）诗文集时，曾在北京图书馆查阅到施愚山遗存的部分诗文草稿本，取之与刊本相对照，增删修改之处颇多，从中可窥见诗人在创作过程中严肃认真，反复推敲，精益求精，呕心沥血。

施愚山修改诗文，乃着眼于多方面、多角度，灵活下笔，缕述如下：

1. 力求字句表达准确。如《浔江月夜》写月夜行舟远眺庐山所见。稿本作"月隐匡庐天外白"，刊本改作"月上匡庐天际白"。改得有理。既写"月夜"，当然应该看到月。只有月亮高高升起，才能看到庐山，看到"白"；若是"月隐"，黑乎乎的，怎么能远眺到庐山、"天外"。《过桑干》中有一句写北地寒来早，稿本原作"菊老燕山木落多"，又将"菊老"改作"霜重"。但仔细推敲，"菊老"、"霜重"只表示秋深，深秋时，不仅"燕山木落多"，各地皆会如此。故刊本又将"霜重"改为"霜早"，一个"早"字，准确地显示出北方气候特色。《留别尹昭州蓂阶》赞扬尹蓂阶为官清、为人贤。稿本云："昭江清似使君贤，白石粼粼别可怜。"刊本改云："昭江白石水溅溅，太守风流清且贤。"改句从"昭江"、"白石"起兴，并以之作比，突出太守；而原句却将焦点弄反了，似乎是以太守为比赞扬昭江、白石。

2. 力求表达明白晓畅。《湖南行》有句云："丈夫万里志，奋臂振艰虞。”这两句明白晓畅，用字洪亮，激昂慷慨。下句原作“沥血夷崎岖”，晦涩难懂，字音诘曲低沉，挠口难读，不能突出主旨，显然改得好。《归宗寺》开头写清晨闻寺钟而起，登山游览，稿本作：“墨池高阁散清钟，极目金轮千仞峰。”句中“墨池”（归仁寺古迹）、“金轮”（指寺后山上的僧塔）二词生僻，令人费解。刊本改为“上方秋晓散清钟，木末凭陵千仞峰”，干脆利落。为了明白易懂，施愚山的诗尽量少用典故，尤其是僻典。《怀庆别彭太守悟山》写彭太守重友谊，热情留客。稿本云：“征书共拟推龚遂，好客谁知似郑庄。”“龚遂”、“郑庄”两个典故成了拦路虎。刊本删去典故，直接描写：“情知客子分襟远，故缓笙歌送夜长。”不仅易读，而且场面具体生动，给人留下难忘的印象。

3. 力避俗易平庸，求新求美。《九日吟法华寺》写重九登高。古诗写重九习用温峤龙山落帽典故，本诗稿本亦云：“筋力吾衰还济胜，西风落帽兴纵横。”刊本抛开俗典，自创新意，将后句改为“西风杖底落钟声”，画面清新有奇趣，具体地刻画出年老诗人拄杖登山“兴纵横”。一个“落”字，传神地显示出那古寺的钟声恍若从游山诗人的杖底落下，真是意趣盎然。而且钟声还暗应法华寺，使题目点醒。《使舟暂泊……》描写出使粤地感叹边民饱受战乱之苦，有句云：“天南铜柱遥悬泪，客里绨袍倍怆神。”上句写边地灾难，下句写目睹者的悲情。刊本将下句改为“客里梅花早报春”，将原正衬改为反衬，以大自然梅开报春的喜景，衬托“铜柱悬泪”的悲情，格外突显出人世间的悲哀，正如清王夫之所云：“以乐景写哀，以哀景写乐，一倍增其哀乐。”（《姜斋诗话》）不言“怆神”而自然令人心酸。《洛阳拜两程夫子祠》开头稿本作:"绝学凭谁记,荒祠乱后留。识仁心自乐,知性道何求。"这四句抽象议论宋代儒学大师程颐、程颢"识仁"、"知性",用笔平板。刊本改为:"每抱遗书读,如从杖履游。两贤墟里在,百战庙碑留。"诗人通过想象,将对两贤的敬慕之情具体地描摹出来,给人的印象显然深刻得多。

4. 删芜存菁,力求精练突出。乐府诗《将进酒》,主旨表现诗人鄙视富贵、超凡脱俗的浪漫情怀。中有云:"歌既醉,酣忘言。舞《阳阿》,挥朱弦。薄富贵,乐当年。"这里所写,正集中突出主旨。在"舞《阳阿》,挥朱弦"后,原稿尚有"昔侍从,赋《甘泉》;今游遨,骋千山。抒大夫,播鸿篇。操《白雪》,弹朱弦"八句。这里所写"昔侍从"、"抒大夫"等。流露出以当大官、陪侍君王为荣的世俗胸怀,与上述的豪情雅志唱反调,故定稿时将这八句一笔删芟。《芜江除夕》写奉使行舟在外,除夕不能与亲人团聚,意歉情悲。结尾部分原稿作:"二亲在丘墟,墓木拱松柏。草木有本根,飞蓬何独折!春风太辛勤,岁岁与枝叶。羲和应已老,奔策亦未歇。"这八句内容比较涣散,笔墨也不够精练。刊本将此八句通统删去,改成"飘蓬怀故根,常愧归飞翼"二句作为结尾,用飘蓬、归飞鸟两个典型比喻,生动地显示出自己内心的悲歉之情,文简意丰,耐人玩味。

5. 着色渲染,力求画面显豁,意境丰满。《粤西乱后怀平乐太守尹莫阶》回忆当年相聚之乐、友情之深,稿本只有"论文受甲乙,悲歌杂欢宴"二句,刊本增加"移觞松树根,濡翰鸜鹆砚"二句,写他们不仅在室内欢饮,评文诵诗,还移觞郊外,濡墨题诗作画。经此渲染,好友聚会的场景和情意丰满多了。《抵桂林》写兵乱中所见广西桂林的景象。稿本作:“山多高树稀,岩石何嶙峋!清江淡白日,芳草薰友人。故乡邈难望,解颜及兹辰。”刊本在“芳草薰游人”后增改云:“钩辀越鸟叫,纵横虎豹群。带甲亦何繁,城郭少遗民。凭歌不可望,叹息当谁陈?”刊本不仅增加了桂林山区特有的自然之景(如越鸟啼叫、虎豹成群等),而且渲染出战乱给人民带来灾难的惨景;结尾由思故乡改为忧国忧民,使全诗的主题大大升华,也更符合当时的实际情景。

从上述几方面,可见施愚山创作精益求精,一丝不苟,重视反复修改。他发现稿中的毛病,“正如眼中着不得金屑”(见施愚山《蠖斋诗话》),必去之而后快。正因为他能如此下苦工夫,所以他的诗,形成了“清真简远”的风格,被人们称为“宣城体”(施氏安徽宣城人)。邓之诚《清诗纪事初编》云:“宣城诗教,倡自梅尧臣。闰章由之,加以变化,章法意境,遂臻绝境。”

二二八、“转益多师”的“多师”

杜甫论诗有句云:“转益多师是我师。”何谓“多师”?清袁枚从学诗的实践中有妙解。他说:“少陵云,多师是我师。非指可师之人而师之也,村童牧竖,一言一笑,皆吾之师,善取之皆成佳句。随园担粪者,十月中在梅树下喜报云:‘有一身花矣。’予因有句云:‘月映竹成千个字,霜高梅朵一身花。’予二月出门,有野僧送行云:‘园中梅花盛开,可惜公带不去。’予因有云:‘只怜香雪梅千树,不得随身带上船。’”(《随园诗话》卷二)此真可谓随处留心皆有诗。我亦有与袁枚同样体验。退休后,我买菜谱学烹饪,头回学做红烧牛肉，火候未掌握好，烧焦了。端上桌，家人笑道："这哪是红烧肉，是你独创的黑烧肉。"我的《怡老吟》中有一首云："老汉闲中吃兴高，买来菜谱学烹调。菜成上桌家人笑：牛肉红烧创黑烧。"此诗就是在家人笑语启示下写出的。诗友评曰：颇幽默，有生活情味。

二二九、讽喻诗

不正面写出讽刺对象，只通过某种类似物象的描写暗示讽意，叫做"讽喻诗"。讽喻诗肇自《诗经》，如讽刺剥削者如大老鼠的《硕鼠》、讽刺谗毁者如红头苍蝇到处拉屎的《青蝇》、讽刺欺凌弱小的残暴者如猫头鹰的《鸱鸮》，等等。这些诗言在此而意在彼，讽刺入骨。唐宋时，讽喻诗很流行。近读杨万里诗，其中就有不少短章讽喻之作，春秋笔法，讽刺不露痕迹，骨子里针针见血，入木三分。如《宿灵鹫禅寺》："初疑夜雨忽朝晴，乃是山泉终夜鸣。流到前溪无半语，在山做得许多声。"旧时将出仕称为"出山"、未仕称为"在山"。这正是此首小诗的焦点。小诗字面写泉水，骨子里乃是讽刺某些士人，未出仕前，对现实牢骚满腹，就像"山泉终夜鸣"，奔走呼号，似乎要为民请命；而一旦自己戴上乌纱帽，跻身官场，便像泉水"流到前溪无半语"，安于现状，同流合污。喻体和喻意切贴，生动有趣。还有一首《观物化》，写得更加想象奇特，讽意深刻。诗云："蝴蝶新生未解飞，须拳粉湿睡花枝；后来借得风光力，不记如痴似醉时。"字面写蝴蝶由幼虫到成蝶的变化：初生刚出虫蛹，翅膀尚未长出，蝶须蜷曲着，蝶粉未干，睡在花枝上痴痴呆呆，可怜兮兮的。

后来借助于和煦春风的吹拂和阳光孕育，由幼虫长大成蝶，翅膀硬了，得意飞翔，早把幼小时“须拳粉湿睡花枝”的可怜相忘得一干二净了。很显然，诗中是在讽刺蝴蝶得意忘形，借蝶骂人。世上有些轻薄小人，出身本来很卑微，后来仗别人势力爬上高位后，“一阔脸就变”（鲁迅语），趾高气扬，忘乎所以。这种人，和“后来借得风光力，不记如痴似醉时”的蝴蝶，多么神情毕肖啊！本诗所讽刺的，就是这一类忘本小人，可谓讽刺得体，令人发笑，也发人深思。

二三〇、痴语见真情

郭沫若有诗云：“未有诗人不太痴，不痴何必苦吟诗。”清人冒春荣也早说过：“诗思须痴。”他还解释什么叫“痴思”：“狂欲上天，怨思填海，极世间痴绝之事，不妨形之于言，此谓痴思。”（见《葚原诗说》）

语愈痴而情愈真、意愈深。李白欲“划却君山”；杜甫欲“斫却月中桂”。一个是为了“平铺湘水流”，让湘水流得更欢畅；一个是为了“清光应更多”，让月亮更皎洁明亮。李杜的痴想，流露出对大自然美景无限热爱之真情，也显露出他俩渴望激浊扬清、取得社会安静和谐的深意。宋危稹《郑刘帅归蜀》，亦以“痴思”见奇。诗云：“万水朝东弱水西，先生归去老峨眉。人间那得楼千尺，望得峨眉山见时。”首二句以弱水西流比况刘帅乘舟西上归蜀地峨眉山养老。后二句表现送行者对被送者念之深、思之切。他想，友人归老峨眉，万水千山遮望眼，怎么办？不由得产生痴想：“人间那得楼千尺，望得峨眉山见时”，他以为如果登上千尺高楼，就可以望到数千里以外的峨眉山，望到他的友人了。这种荒诞的奇想，乃出于思念者的一片痴情，一种下意识的活动。故乍看无端，寻思有绪；既出人意料之外，又在人意想之中。清陈衍在《宋诗精华录》中评论说："用东坡'那有千寻竹'之意，翻'绝顶望乡国'之案。爱而不见，此诗出自真情，而错怨江南北山多者，亦望夫化石之痴想也。"

二三一、两首《登鹳雀楼》

唐代王之涣和畅当，都写了《登鹳雀楼》五言绝句。王诗云："白日依山尽，黄河入海流。欲穷千里目，更上一层楼。"畅诗云："迥临飞鸟上，高出世尘间。天势围平野，河流入断山。"二诗都写登高望远，所展现的视野都非常开阔，笔下很有气势，但前者显然优于后者。这是因为，王诗有开有合，有实有虚，前二句实写，准确地概括了登鹳雀楼所见的雄奇景色。后二句虚写登楼所获的启示：只有不断攀登，才能扩大眼界。这就深化了诗的主题，提高了诗的境界，使诗的内容更加丰富饱满，给人留下了无穷的想象余地，获得了有益的人生启示。畅当诗所描写景物虽然壮观（"天势围平野，河流入断山"二句甚至比王诗开头两句更新奇生动），但有开无合，只放未收，整首诗都被实景填满了。不知诗的主脑何在，寓意是什么，因此意境自然无法深化。这首诗像是一首没有完成的五律，只写了前四句，残缺不全，成了有实无虚、有形无神的空壳。这就证明，写景诗必须情景结合，有实有虚，能开能合，可放可收，方可进入佳境。

二三二、两首《萤火》

杜甫和李嘉祐都写有《萤火》五律。杜诗云："幸因腐草出，敢近太阳飞。未足临书卷，时能点客衣。随风隔幔小，带雨傍林微。十月清霜重，飘零何处归。"李诗云："映水光难定，凌虚体自轻。夜风吹不灭，秋露洗还明。向烛仍藏焰，投书更有情。犹将流乱影，来此傍檐楹。"上二诗，同写一物，而一贬一褒，旨趣相反。杜诗讥刺弄权扰政的宦官小人。仇兆鳌注云："萤火，刺阉人也。首言种之贱，次言性之阴。三四近看，见其多暗而少明。五六远看，见其潜形而匿迹。末言时过将消，此辈直置身无地矣。鹤（指朱鹤林）注谓指李辅国辈。以宦者近君而扰政也。今按，腐草喻腐刑之人，太阳乃人君之象，比义显然。"宋曾季貍《艇斋诗话》亦云："老杜《萤火》诗，盖讥小人得时……卒章'十月清霜重，飘零何处归'，盖言君子用事，则（小人）扫荡无遗也。"李嘉祐诗则赞扬自强自勗、乐于助人的小人物，他们虽然"光难定"、"体自轻"，但很顽强，"夜风吹不灭，秋露洗还明"。他们不与烛光争焰，遇上烛光，就谦虚地"藏焰"。他们还齐心协力聚放光芒，帮助穷书生照明读书，"投书更有情"（按用车胤囊萤照读典）。小小萤火虫多么可爱啊！

两首《萤火》诗内容意旨虽然南辕北辙，差异很大，但二位诗人却抓住同一写作要领：借物写人，咏物托意。

二三三、律诗对仗的变式

律诗的颔联（三四句）和颈联（五六句）必须对仗。对仗即对偶，因对偶的形式宛如仪仗队，排列整齐，两两相对，故又称“对仗”。如“蝴蝶梦中家万里，子规枝上月三更”，“子规”对“蝴蝶”、“枝上”对“梦中”、“月”对“家”、“三更”对“万里”。声音上平对仄，词性上实对实、虚对虚，有条不紊。这是对仗的正常方式。对仗亦有变式，即不按正常方式，另用一种特殊方式，对仗变式约有以下几种：

1. 借音对：上下句相对的词语，字面、字义均不相对，但其读音却相对甚工。谭用之《送丁道士归南中》：“子陵山晓红云密，青草湖平雪浪高。”“子陵”，人名，与“青草”不相对，但“子陵”谐音“紫陵”，与“青草”恰对。刘长卿《松江独宿》：“一官成白首，万里寄沧洲。”借“沧”谐音“苍”，对“白”。

2. 借义对：字面、字音都不相对，借字的含义而对。杜甫《登岳阳楼》：“亲朋无一字，老病有孤舟。”“孤”，单个，与“一”恰对。张籍《夜宿黑灶溪》：“花下红泉色，云西乳鹤声。”“乳”，白色，与“红”恰对。

3. 借字对：字音、字义都不相对，借字面而对。杜甫《草堂即事》：“荒村建子月，独树老夫家。”上句“子”指地支之一，与下句“老夫”的“夫”风马牛不相及，但“子”对“夫”，字面恰好相对。

4. 参差对：上下句中的某些词语参差而对。李白《送友人入蜀》：“池花春映日，窗竹夜鸣秋。”上句第三字“春”与下句第五字“秋”相对；下句第三字“夜”与上句第五字“日”

相对。崔涂《春夕旅怀》:"故园书动经年绝,华发春催满镜生。"上句"书"与下句"镜"相对;下句"春"与上句"年"相对。

5. 换柱对:律诗首联不要求对仗,中间二联必须对仗。有的诗首联对仗,次联不对仗,称"换柱对",亦名"偷春体"。唐明皇五律《送贺知章》,首联"遗荣期入道,辞老竟抽簪",对仗工整;次联"岂不惜贤达,其如高尚心"则非对仗。常建五律《题破山寺后院》与上诗相同:"清晨入古寺,初日照高林。曲径通幽处,禅房花木深。"首联的对,次联上句"通幽处"与下句"花木深"不相对。

善按:以上所述几种对仗变式,初学写诗者要慎用,应在常式上多下功夫,不必猎奇。

二三四、回文诗

回文诗指从头至尾或从尾至头顺读、倒读皆可成诵的诗。如苏轼《题金山寺》:"潮随暗浪雪山倾,远浦渔舟钓月明。桥对寺门松径小,巷当泉眼石波清。迢迢远树江天晓,蔼蔼红霞晚日晴。遥望四山云接水。碧峰千点数鸥轻。"从尾至头倒读则为:"轻鸥数点千峰碧,水接云山四望遥。晴日晚霞红蔼蔼,晓天江树远迢迢。清波石眼泉当巷,小径松门寺对桥。明月钓舟渔浦远,倾山雪浪暗随潮。"

回文诗起源说法不一。南朝梁刘勰《文心雕龙·明诗》:"回文所兴,则道原为始。"历代注家皆不明道原何许人,亦未见其回文诗。今所传最早的是东晋末前秦窦滔妻苏蕙的《璇玑图》。《晋书·窦滔妻苏氏》:"苏氏始平人也,名蕙,字若兰,善属文。滔,苻坚时为秦州刺史,被徒流沙。

苏氏思之，织锦回文璇玑图诗以赠滔，宛转循环以读之，调甚凄惋，凡八百四十字。”之后南朝齐王融有《春游回文诗》，当是回文诗较早的作品。以后各代诗人均有所作。余亦曾试作《四时回文诗》七绝，其中咏春云：“莺啼晓露浴林花，日映书窗碧柳斜。轻燕舞廊传语软，吟春把笔染烟霞。”倒读则为：“霞烟染笔把春吟，软语传廊舞燕轻。斜柳碧窗书映日，花林浴露晓啼莺。”余在实践中深深体会到，回文体式，用词造句受种种限制，难度甚大，且多属游戏笔墨。偶尔为之，可以益智怡神，多作则伤神费力，价值不大。

善按：又有回文词。词的平仄和用韵因要按谱填写，所以句子长短不齐的长调是不可能用回文格式，一般只选句子长短匀称的短调，而且局限于上下句或上下阕正反相回环。如朱熹《菩萨蛮》：“晚红飞尽春寒浅，浅寒春尽飞红晚。尊酒绿阴繁，繁阴绿酒尊。老仙诗句好，好句诗仙老。长恨送年芳，芳年送恨长。”今人张景贤《西江月·闲居》：“竹九南屏静宅，梧三立北悠庐。吟壶寻趣韵心舒，洁守香书性悟。悟性书香守洁，舒心韵趣寻壶。吟庐悠北立三梧，宅静屏南九竹。”按《西江月》调第三句须七字，故“吟”字上下阕共用方可。

二三五、读不懂的“诗”

近些年，经常见到报刊上发表一些新潮派写的诗，怎么读也读不懂。试看下面一首题名《写诗的男孩》的诗：“梧桐叶翻卷出/一个故事/枝杈筛落的天空/有一块潮湿/感觉的笔再也抓不牢/一份心情/任夜/苍白/被燕尾剪断的思绪/

无力续出风的结局/思念被孤雁衍成/寂寞/云卷云舒的窗外/有期待叩帘//推开一纸凝重/品一口茉莉//今夜有雨。”

朋友，你能读懂这首醉语疯话般的所谓诗吗？有的学者对这一类受西方某种文艺思潮影响而学步的大作，名命为“‘非诗化’的诗”，归纳其特点为五个“不要”和五个“只要”：“一不要理性，只要潜意识的；二不要明白，只要说不清的；三不要格律，只要最散文的；四不要句行，只要随意切割的；五不要美感，只要刺人耳目的。”（《江北诗词》2003年第三期高平《了然斋诗话》）这类“诗”从内容到形式（其实已经取消了诗的形式）都与真正的诗大相径庭，是披着“诗”的外衣说昏话、念咒语。他们以为越是离奇古怪叫人看不懂越是佳作。此风如果发展下去，泛滥成灾，真正的传统的诗将会灭亡。学诗的朋友应该警惕。诺贝尔文学奖获得者、西班牙的阿莱桑德雷说得好：“诗和艺术，向来一直是属于传统的延伸。”不知传统、破坏传统、丢掉传统的诗人，只能使自己离诗越来越远。

二三六、郑板桥咏竹

竹为“岁寒三友”之一（松竹梅），还和梅、兰、菊合称“四君子”。她四季长青，挺拔娟秀，意态潇洒，高风亮节，深得诗人赏爱。古今咏竹诗章不计其数，其中郑板桥的韵竹诗更是多而精。

郑板桥爱种竹画竹，他说：“三间茆屋，十里春风，窗里幽兰，窗外修竹，此是何等雅趣。”又说：“板桥专画兰竹，五十余年不画他物。”（见《题画》）他每画竹，必题诗，诗情画意，相辅相成，相得益彰。其画竹咏竹，内容意旨涉及多方面，主要的有：

1. 寄情托志，砥砺节操，抒写抱负。《竹石》："咬定青山不放松，立根原在破岩中。千磨万击还坚劲，任尔东西南北风。"赞美竹子坚韧不拔的精神和顽强的斗志。首句一个"咬"字，显出了竹子的虎虎生气，将竹子在乱石中盘根错节紧紧扎根的神情状态，形象化地表现出来。它不怕环境恶劣，不惧风霜雨雪，"任尔东西南北风"，大有"万水千山只等闲"的英雄气概和所向披靡的必胜信心。诗中所描写的"千磨万击还坚劲"的竹子，正是一生正直倔强诗人的自我写照。这一顶天立地、百折不挠的强者形象，将永远激励后人奋发向上。《潍县署中画竹呈年伯包大中丞括》："衙斋卧听萧萧竹，疑是民间疾苦声。些小吾曹州县令，一枝一叶总关情。"这是郑板板在山东潍县作县令时所写。由听到窗外竹叶萧萧声，联想到民间疾苦的呻吟，可见这小小县官心系于民。这种关心民瘼、为民着想的好思想，永远值得大小官吏学习。《风竹题画》："一阵狂风倒卷来，竹枝翻转向天开。扫云扫雾真吾事，岂屑区区扫地埃。"借咏风竹上扫天空，寄寓自己扫除邪恶、济世安民的远大抱负。

2. 寄托雅怀逸趣。《予告归里画竹别潍县绅士民》："乌纱掷去不为官，囊橐萧萧两袖寒。写取一枝清瘦竹，秋风江上作渔竿。"郑板桥在潍县作令三年，政绩卓著，本应升官，却遭罢官，他宁可丢掉乌纱帽，也不愿向上级折腰乞讨。借画"一枝清瘦竹"，表示隐居垂钓，洁身自好。《一剪梅·题兰竹石》："几枝修竹几枝兰，不畏春残，不怕秋寒。飘飘远在碧云端，云里湘山，梦里巫山。　画工老兴未全删，笔也清闲，墨也斓斑。借君莫作画图看，文里机关，字里机关。”词中表露出词人借画兰竹以怡情养性的雅怀逸趣。结尾暗示他不是单纯作画，而是借画抒怀，含蓄有味。

3. 借竹暗喻人生处世哲理。《篱竹》：“一片绿阴如洗，护竹何劳荆杞。仍将竹作笆篱，求人不如求己。”《新竹》：“新竹高于旧竹枝，全凭老干为扶持。明年再有新生者，十丈龙孙绕凤池。”上首写竹林以竹为篱，自力更生，比喻求人不如求已。下首以老竹派生新竹、新竹高于老竹的现象，显示出老一代应爱护、培养新一代，赞美了新生一代生机蓬勃、奋发向上的精神。

此外，诗中还借咏竹，形象地总结了作画经验。《四竿竹》：“一竿瘦，两竿够；三竿凑，四竿救。”《一枝竹十五片叶》：“敢云少少许，胜人多多许。努力作秋声，瑶窗弄风雨。”均生动地说明画要以少胜多，重在典型；以形传神，重在传神。作画如此，写诗自然也是一样。所以这些诗对画家、诗人都有启发。

附录 陶渊明名句小笺

一、好读书,不求甚解。

摘自《五柳先生传》。本篇从许多方面写五柳先生(作者自托)禀性志趣与众不同。此句介绍其读书态度:既爱好,又不追求透彻的理解。乍看前后似乎矛盾,其实,"不求甚解"是针对下文"每有会意,便欣然忘食"中的"会意"二字而言的。意思是说,他爱好读书,但并非读死书,只是从中寻找思想上的共鸣和感情上的寄托,寻找知音。本文结尾引《列女传》曰:"黔娄之妻有言:'不戚戚于贫贱,不汲汲于富贵。'极其言,兹若人(指五柳先生)之俦乎?"他从《列女传》中找到了会心之言。这正是"好读书,不求甚解"、唯求"会意"的生动注脚。

另外,突出不求甚解,还有更深一层用意。东晋末,文风颓弊,腐儒解经,咬文嚼字,穿凿附会:"名士"好谈玄理,抓住古籍片言只语,微言大义,钻牛角尖,荒诞不稽。他们都标榜读书"甚解",自诩"通人"。所以"不求甚解"一语也正是对这种庸俗恶劣学风的否定和讥讽。这一点,前人早有分析。元李冶说:"盖'不求甚解'者,谓得意忘言,不若老生腐儒为章句细碎耳。”(《敬斋古今注》)明杨慎也说:“自两汉以来,训诂甚行,说五字之文,至于二三万言。陶心知厌之,故超然真见,独契古初。”(《丹铅余录·读书不求甚解》)

二、山气日夕佳,飞鸟相与还。此中有真意,欲辨已忘言。

摘自《饮酒》诗之五。这里,诗人写“采菊东篱下,悠然见南山”所见到的景境。山气,指庐山的气象、景象。庐山峥嵘秀逸,气象万千;加以晚霞涂染,更令人目眩神怡。此景此境,诗人以一“佳”字赞结,一语破的,恰到好处。在众多佳景中,诗人突出“飞鸟相与还”,以归鸟投林暗喻自己归隐田园。人,悠然而望;鸟,翩然来归;人与鸟达到了心心相印的默契程度,恍若脱离尘世,与美妙的大自然和谐地融为一体。这正是“此中有真意”的“真意”。以“欲辨已忘言”结尾,乃是借用《庄子》“大辨不言”(《齐物论》)、“得意而忘言”(《外物篇》)之语意,表达自己在此时此境中物我两忘的超脱心理。此句确如明王世贞所评:“清悠淡永,有自然之味。”(《艺苑卮言》卷三)。有人解释此句“是一种避祸的遁词”,似乎风马牛不相及,未领要旨。

三、平畴交远风,良苗亦怀新。

摘自《癸卯岁始春怀古田舍》诗。这两句描写初春田野刚刚显露出的盎然生意:春风从遥远的天际降临,在一望无际的田畴上交相送暖;春苗受其抚育和呼唤,立即暗暗地孕育出新绿。“交”字写出了春风的殷勤无私,同时还暗示出季节的交替。"亦"字突出了春苗的生机和敏感,有呼即应,当春即起。"怀新"一语意味深长,既写"良苗",也反映出诗人脱身官场、回归田园的清新感受和欣喜情怀。

此二句工于体察,又善于缘情写物,"物亦我之情"(清刘熙载《艺概》语),物我浑然一体,不露痕迹。宋张表臣《珊瑚钩诗话》云:"东坡称陶靖节'平畴交远风,良苗亦怀新'诗,'非古之耦耕植杖者,不能道此语;非余之世农,亦不能识此语之妙也。'仆居中陶,稼穑是为,秋夏之交,稍旱得雨,雨余徐步,清风猎猎,禾黍竞秀,濯尘埃而泛新绿,乃悟渊明之句善体物也。"元陈明秀编《东坡诗话录下》也记载:"苏子瞻一日在学士院闲坐,忽命左右取笔纸,写'平畴交远风,良苗亦怀新'两句,大书、小楷、行、草,凡写七八纸,掷笔太息曰:'好!好!'"这两句好就好在"本色自然,如吮出,而奇丽千古,他人雕肝琢肾不能道"(清方东树《昭昧詹言》语)。

四、饥者欢初饱,束带候鸡鸣。

摘自《丙辰岁八月中于下潠田舍获》诗。诗人"贫居依稼穑",勤力耕作,好不容易盼来了秋收,这给他带来了莫大的喜悦和希望。这两句写参加秋收劳作的情景。"初饱",指新谷登场,开始吃上饱饭。"束带",束紧腰带,指做好劳作前的准备。"候鸡鸣",指等天一亮就下田收割庄稼。这两句贯串一个"欢"字,逼真地反映出贫苦农家秋收时特有的喜悦和劲头。从"束带候鸡鸣",可看出"候"者乃满怀希望,劲头十足,跃跃欲试。明钟敬伯《古诗归》评得好:"非惯穷不知此趣……无一字不怡然自得,生涯性情,矫作不来。"

但有个注本却这样解释翻译这两句："我这个经常挨饿的人刚刚很高兴地吃了顿饱饭，又要束紧腰带起来等候鸡鸣。"（见上海古籍出版社《陶渊明诗文选注》）"又要"，显出诗人对早起下田很不乐意，很被动，有点无可奈何。这显然是对诗意的误解。

五、先生不知何许人也，亦不详其姓字。

摘自《五柳先生传》。这是本文开头两句，介绍传主身份。看似趣笔，实含深意。何许，何地。古人重地望，姓名前要贯以家世籍贯，以显示出身高贵，如琅琊王氏、高阳许氏之类。两晋门阀制度森严，尤重出身。而五柳先生却连何地人都置之脑后，可见他不重地望，轻视门阀之风，与流俗大相径庭。古人又是重名声的，除姓氏正名之外，还有字、号等等，希图树碑立传，声名不朽。而五柳先生竟连姓什么都说不清楚，这更出于流俗观念之外。这两句不仅把隐姓埋名、深藏避世的意思说足了，更是突出了五柳先生傲世抗俗的硬骨头精神。正如清毛庆蕃所评："无乡人（指俗人）之心，故不知何许人；无求名之心，故不详其姓字。"（见《古文学余》卷二十四）

这两句，语极风趣，意极含蓄。后人写带有讽世色彩的传记，常模仿此格。如柳宗元的《种树郭橐伧传》、杜光庭的《虬髯客传》，直至鲁迅的《阿Q正传》，介绍传主，都明显受其影响。

六、结庐在人境，而无车马喧。问君何能尔？心远地自偏。

摘自《饮酒二十首》诗之五。这几句是说：我虽然居住尘世，却听不到达官显贵车马的喧闹；若问我为何能如此？心远了，虽居喧闹之地，也就如同住在偏僻之地了。“心远”，指心志旷远，超脱尘俗。其《赠羊长史》诗云：“余生三季后，慨然念黄虞。”《庚戌岁九月中于西田获早稻》云：“遥遥沮溺心，千载乃相关。”这些就是“心远”的生动注脚。心远，表明诗人对尔虞我诈的污浊现实的憎恶，对远古淳真社会的向往和追求。正由于心在世外，故虽居处人境亦若置身世外，逢车马也不觉其喧。地偏由于心远，心远而地自偏，这里面包含着一种深刻的理趣。宋人陈岩对此曾有一段精辟的论述：“王荆公介甫辞相位，退居金陵，日游钟山，脱去世故……然其诗曰：‘穰侯老擅关中事，长恐诸侯客子来。我亦暮年专一壑，每逢车马便惊猜。’既以丘壑存心，则外物去来，任之可也，何‘惊猜’之有？是知此老心中尚蒂芥也。如陶渊明则不然，曰：‘结庐在人境，而无车马喧。问君何能尔？心远地自偏。’然则寄心于远，则虽在人境，而车马亦不能喧之；心有蒂芥，则虽专一壑，亦不免惊猜也。”（《庚溪诗话》卷下）相比较，可见陶渊明心地和人格之高迈。

这四句饮誉千古。王安石盛赞：“自有诗人以来，无此句……奇绝不可及。”（见范正敏《遁斋闲览》引）后世诗人争相仿效。杜甫“虽有车马客，而无人世喧”、黄庭坚“非无车马客，心远境亦静”等等，莫不是陶句的翻版。清诗人黄遵宪还取陶句之意，自号“人境庐主人”，并将其诗集命名为

《人境庐诗草》。

七、晨兴理荒秽，带月荷锄归。

摘自《归园田居》诗之三。此二句，诗人写他务农的生活情景。早起下田锄草，晚上荷锄回家。“事亦平常，而渊明道之极美”（明陆时雍《诗镜总论》语）。美就美在诗人以平淡质朴的语言，写出了参加农事劳动的真景、真味、真意。日出而作，月上而归，诗人的劳动态度多么认真。“理荒秽”是要出力流汗的。“锄禾日当午，汗滴禾下土”，那滋味可不好受。然而诗人却以汗水换来了真正的乐趣。试想，当他劳作了一天，扛着锄头，披着月光从田间小道上归来的时候，该是多么舒心惬意啊！“带月”二字，不仅点出了“荷锄归”的时间，更渲染出诗人“荷锄归”时的清新感受和喜悦情怀；那皎皎明月陪伴着荷锄人，格外衬托出诗情画意。明月，在这里起到了点睛传神的作用。正如清方东树所云：“如化工元气，自然悬象著明。”（《昭昧詹言》卷四）。清温汝能曰：“‘带月’句，真可警，可谓诗中有画。”（《陶诗汇评》卷二）

八、寒草被荒蹊，地为罕人远。

摘自《癸卯岁始春怀古田舍二首》诗之一。这两句写田舍僻远宁静的环境和隐者悠然自得的情怀。寒草，指迎春寒而生的野草。罕人，少有的人，指高人隐士。诗意谓：野草遮盖了田间小径，地也因为隐者住此而与世相隔更加遥远了。上句突出“荒”字，路荒，是由于行人少，暗示隐者不与世俗交往，闭门独处。下句突出“远”字。此句与“心远地自偏”含意相同，但表达方式更幽默，仿佛地亦有灵，情愿伴着隐者远避污浊的人世。人与地心心相印。这五个字把隐者托身得所的悠然情怀惟妙惟肖地显示出来。有人解释为“所至之地因为人迹罕至而显得偏远”（吉林文史出版社《陶渊明诗选注》），就字面疏通虽可以，但因脱离人物内心活动，缺少灵气。又，“寒草”一本作“寒竹”，注谓“喻有贤人在野之意”（参见中华本《陶渊明集》逯钦立注引），似嫌浅露，不如“寒草”本色、浑朴。

九、盥濯息檐下，斗酒散襟颜。

摘自《庚戌岁九月中于西田获早稻》诗。这十个字饱和着浓厚的乡土情味，逼真地勾画出农民从田间收工回家后的活动画面。劳累了一天，泥里来，水里去，所以一到家先洗洗手脚，然后坐到门前屋檐下休息，喝上几杯老酒，祛寒去湿，驱散疲劳，该是多么舒心惬意啊！这里不说“息堂上”，而说“息檐下”，最切实情。农民在田野里生活惯了，闷在屋子里不舒服；另外，在檐下还可以同邻友“举酒话桑麻”。“散襟颜”的“襟”（寒战），与前文“山中饶霜露，风气亦先寒”呼应，突出田间劳作的艰辛。有些刻本作“散襟颜”，释为“开心颜”，虽亦可通，但不如“散襟颜”内涵丰富，描写入骨。

十、倾耳无希声，在目皓已洁。

摘自《癸卯岁十二月中作与从弟敬远》诗。此为古代咏雪名句。无希声，没有一点声音。语出《老子》："听之无闻名曰希。"河上公注："无声曰希。"此二句妙在未直接写雪，只写自己赏雪时的听觉、视觉活动（"倾耳"、"在目"）和真实感受（"无希声"、"皓已洁"），使人很自然地联想到那雪的体态轻盈和洁白无瑕，雪的性格闲静、高旷、超脱。真个是"不着一字，尽得风流"。

此二句深得后世评家激赏。宋罗大经云："只十字，而雪之轻盈洁白，尽在是矣。"（《鹤林玉露》卷五）清陈祚明曰："'倾耳'二句，写风雪得神，而高旷之怀，超脱如睹。"（《采菽堂古诗选》卷十三）清沈德潜云："渊明咏雪未尝不刻画，却不似后人粘滞。"他还作比较说："愚于汉人得两语曰：'前日风雪中，故人从此去。'于晋人得两语曰：'倾耳无希声，在目皓已洁。'于宋人得一语曰：'明月照积雪。'为千古咏雪之式。"（《古诗源》卷八）

十一、过门更相呼，有酒斟酌之。

摘自《移居二首》诗之二。更（gēng）相，互相。斟酌：饮酒，饮尝。这两句，诗人写他与邻里过从招饮之乐。谁家有酒，大伙挨门互相招呼，欢聚一起，共同品尝畅饮。这小小场面，意味无穷。在这里，看不到士大夫之间拜会邀请的虚礼、温文尔雅的馊相，他们随随便便，无拘无束，过门辄呼，高声喊叫。但态度村野更显得相处和谐，语气粗朴反见出情意真挚。一个“呼”字，使粗朴的田翁野老形象呼之欲出。杜甫亦有诗云：“肯与邻翁相对饮，隔篱呼取尽余杯。”（《客至》）“叫妇开大瓶，盆中为吾取……指挥过无礼，未觉村野丑。”（《遭田夫泥饮》）一“呼”、一“叫”，深得陶诗韵味。

十二、五六月中，北窗下卧，遇凉风暂至，自谓是羲皇上人。

摘自《与子俨等疏》。诗人与世不偶，归隐田园，忘怀得失。这几句，写夏日高卧北窗之下乘风纳凉的悠闲生活情趣。羲皇，指伏羲氏，传说是远古盛世的君主。诗人常借远古传说指称自己心目中的“抱朴含真”的理想社会。这里所描写的北窗高卧场景，正是那“悠悠上古，厥初生民”所过的“傲然自足，抱朴含真”生活意境的生动投影，无怪他“自谓是羲皇上人”了。乍看，好像诗人心境很悠闲自得，实际上他的内心深处并不“悠闲”，因为“羲皇上人”只不过是“自谓”——自己一瞬间的幻觉罢了，事实上他早已看到“羲农去我久，举世少复真”（《饮酒》诗之二十）。理想和现实的矛盾，一直困挠着他的心。清乔亿《剑溪说诗》云：“读陶诗当察其乐中有忧，忧中有乐。”这几句正是如此，快心自得而寓有深忧，萧疏冲淡而含有远致，耐人寻味。金元好问赞云：“一语天然万古新，豪华落尽见真淳。南窗白日羲皇上，未害渊明是晋人。”（《论诗绝句》）

十三、木欣欣以向荣，泉涓涓而始流。善万物之得时，感吾生之行休。

摘自《归去来兮辞》。前两句写原野逢春的美好景象：草木欢畅，繁荣生长；泉水涓涓，长流不息。面对着这一派生机蓬勃的景象，诗人触景生情，羡慕自然万物得天独厚，叹息自己老之将至，不能有所作为。这里，诗人是以万物“得时”，反衬自己不得时，叹息“世与我而相违”，生不逢辰，以致怀才莫展，空逝年华。正如金王若虚《题渊明归去来图》诗云：“得时草木竞欣荣，颇为行休惜此生。乘化乐天知浪语，看君于世未忘情。”从感喟中可窥见诗人内心深处怀有积极用世的思想。

这几句，对仗工整，用字典雅，声调铿锵，体现了辞赋“铺采俪文”的特色，增强了抒情和感染力。前人赞美这几句“沛然从肺腑中流出，殊不见有斧凿痕”（宋李格非语。见李公焕《笺注陶渊明集》卷三引）。

十四、方宅十余亩，草屋八九间；榆柳荫后檐，桃李罗前堂。

摘自《归园田居五首》诗之一。方宅，住宅的四周。这里，诗人描写他归园田后的住宅环境：数间茅屋，园田环绕；绿荫笼罩，桃李芬芳。这环境显得多么安闲、朴素、清雅；“荫”和“罗”，格外显托出住宅周围树木茂密，生意盎然。这里住着一位从“尘网”、“樊笼”中“逃禄归耕”的隐逸之士，真可谓情境相宜，神象相通。

这几句纯用白描，方宅、草屋、榆柳、桃李，都用墨线勾勒，不着颜色；用字也不深奥，一口通俗的“田家语”，显得真切自然，情味深长，真可谓“语俗而意雅”，“纯以质语真语胜”（见明黄文焕《陶诗析文》卷二）。

十五、好味止园葵，大欢止稚子。

摘自《止酒》诗。园葵，园蔬（葵为蔬菜的一种）。止，止境，最好的境界。这两句是说：“最好的美味是园中的新鲜蔬菜，最大的欢乐是与幼儿嬉戏。”诗人命意何在？宋胡仔以为是写安贫：“好味止于啜园葵，则五鼎方丈我何欲焉；大欢止于戏稚子，则燕歌赵舞我何乐焉……渊明固常守道，安于丘园。”（《苕溪渔隐丛话》后集三）这种分析，似乎皮相。从字面看，固然有安贫意思，但字里行间却隐含着一层更深的哲理。园葵之味之所以称为“好味”，稚子之欢之所以称为“大欢”，关键就在一个“真”字，园葵清真自然，稚子天真无邪。真，是诗人毕生向往和追求的最高境界。“任真无所先”（《连雨独饮》），“任真”二字，可以概括陶公的人品和文品。正如苏轼所云：“渊明欲仕则仕，不以求之为嫌；欲隐则隐，不以去之为高。饥则扣门而乞食，饱则鸡黍以延客。古今贤之，贵其真也。”（《东坡题跋》）诗人赞美园葵之美、稚子之欢，难道不正因为体会到“此中有真意”（《饮酒二十首》之一）吗？此二句，可以说是诗人在日常生活中的“悟道”之言，体现出诗人高尚的审美观念。

十六、芳菊开林耀，青松冠岩列。怀此贞秀姿，卓为霜下杰。

摘自《和郭主簿二首》诗之二。这里，诗人从肃杀秋景中，拍摄下两个特写镜头：一个是菊，野菊斗霜盛开，山林中熠耀着它金色的光华；一个是松，青松凌寒挺立，山岩上覆盖着它无边的苍翠。在这融注着诗人赞美深情的描写中，菊与松已不仅仅是寒秋实际存在的自然景物，而且具有象征性。“卓为霜下杰”，其“贞秀”之姿和“冠岩”、“开林”的特立独行性格，会使人很自然地联想到生活中那些坚守节操、不同流俗的高士形象。这里，诗人触景会心，借物咏志，在松菊的形象上，寄托了他对高尚德操的向往和追求。清王夫之赞此诗：“写景净，言情深，不负为幽人之作。”（《古诗评选》卷四）

十七、时复墟里人，披草共来往；相见无杂言，但道桑麻长。

摘自《归园田居五首》诗之二。墟里人，指乡村农民。披草，或释为“拨草寻路”，不符原意，实则指披上草衣或粗布衣。《世说新语·政事》注引王隐《晋书》：“草衣缊袍，不以为忧。”又《晋书·袁宏传》：“披草求君，定交一面。”均可证。这几句，诗人写他与田父老农亲密交往的情景：平日你来我往，想见面，粗布衣一披就动身，见面不说空话，自然而然开门见山，谈庄稼生长好坏这些共同关心的问题。这里所写，语淡而情浓，辞俗而意正。“披草”一个细节，显示出乡村中人与人之间交往淳朴真诚，无拘无束。这与官场交往束带整冠那一套虚伪做作的礼仪形成了鲜明的对照。“但道桑麻长”,则更显示出诗人归田后已与老农打成一片,身在田园,心在田园,自然就会想桑麻,话桑麻。后世诗人写农家生活常模仿此句意。最有名的是唐孟浩然《过故人庄》:“故人具鸡黍,邀我至田家……开筵面场圃,把酒话桑麻。”这里“话桑麻”,颇有乡情野趣。但孟浩然毕竟以客者身份观景体物,与田父、野老终隔一层;而陶渊明则涉身境内,亲有所感,“但道桑麻长”乃从胸中自然流出,故读起来特别亲切。

十八、弱湍驰文鲂,闲谷矫鸣鸥。

摘自《游斜川》诗。缓缓的流水里,戏逐着色彩斑斓的游鱼;幽静的岩谷间,飞翔着鸣声相和的水鸥。斜川之美,从这十个字中露出了生动的一角。这里的流水、岩谷、游鱼、鸣鸥,动静有致,安详和谐,令人悦目怡情。这客观景物,融入了诗人游览时那种闲适、愉悦的主观感情,故诗中有画,画中有诗。诗人观察入微,用字不苟。“弱”与“驰”、“闲”与“矫”,不仅刚柔相济,也体现出物与物之间的因果联系。明黄文焕曰:“湍壮则鱼避,至于渐缓而势弱,鱼斯敢于驰矣。”(《陶诗析义》卷二)

十九、朝霞开宿雾,众鸟相与飞。

摘自《咏贫士七首》诗之一。此句写拂晓时众鸟飞出觅食,用以对比衬托那“迟迟出林”的笨鸟,讽喻贫士拙于谋生。但这十个字本身已构成一幅令人赏心悦目的晨景图。朝霞、夜雾、众鸟安排得井然有序；又着一动词“开”字，使整个画面灵动而有情趣。看！那灿烂的朝霞，恍若伸出长长的手臂，拉开了宿雾编织的朦胧神秘的幕纱；首先出场的是众鸟，它们快乐地相呼相伴，迎着朝霞翩翩飞翔。这晨景美妙而充满生气。前人谓渊明“体物入妙”，“胸有实得”，有时并“无意写景”，只不过顺笔交代，却“触物肖形，都成绝境”（清潘德舆《养一斋诗话》卷十）。这两句诗便是生动的例证。

二〇、雄发指危冠，猛气冲长缨。

摘自《咏荆轲》。此为刻画壮士荆轲形象的名句。语本《史记·刺客列传》：“士皆瞋目，发尽上指冠。”经过诗人的提炼和加工，更加突出了荆轲舍身赴秦时的雄姿猛态：盛怒的头发竖起，把帽子顶得老高；猛烈的嘘气冲出，把系帽的丝带冲得老远。诗人抓住人物在特定环境气氛下最传神之点，着力渲染夸张，写的虽然只是一发一冠，但一个“金刚怒目”式的英雄壮士形象已全貌毕露。这十个字，字字有力，尤其是“指”、“冲”两个动词，把荆轲对强秦的愤怒神情和敢同魔鬼争高下的勇猛气概，活脱脱地表现出来，真个是“写壮士，须眉如见”；“英气勃勃，情见乎词”（清沈德潜《古诗源》卷八）。

二一、精卫衔微木，将以填沧海；刑天舞干戚，猛志故常在。

摘自《读山海经十三首》诗之十。据《山海经·北山经》载：炎帝少女女娃，游于东海，溺死，化为鸟，名精卫。为了报仇，精卫不停地衔西山木石投入东海，立志要把它填平。又据《山海经·海外西经》载：刑天（神兽名）与天帝争神，帝断其首，刑天乃以乳为目，以脐为口，操干戚（盾与大斧）而舞。陶渊明在诗中概括了以上两个神话故事，热烈歌颂了精卫、刑天死而不屈的顽强意志和坚持不懈的斗争精神，借以抒发自己"猛志固常在"的壮烈情怀。此二句后而接着说："徒设在昔心，良辰讵可待！"诗人为精卫、刑天壮志难酬而惋惜，也为自己追求理想社会的抱负不能实现而叹愤。此诗被鲁迅称为"金刚怒目式"（见《且介亭杂文二集·题未草六》），说明陶渊明虽然归隐田园，但"他于世事也并没有遗忘和冷淡"（见鲁迅《而已集·魏晋风度及文章与药及酒之关系》）。

二二、夏日抱长饥，寒夜无被眠；造夕思鸡鸣，及晨愿乌迁。

摘自《怨诗楚调示庞主簿邓治中》。此诗向友人诉述晚年艰难境遇。此四句，典型地概括了饥寒交迫的境况和心理：夏日天长，饥肠辘辘，格外难忍；冬夜气寒，床上空空，何等难熬！夜晚受冻，巴望赶快鸡叫天亮好起床；白天挨饿，又巴望太阳快快落山好上床。这种矛盾、离奇异乎寻常的想法，逼真地反映出贫者日畏饥、夜畏寒，从夏到冬，日日夜夜走投无路的困境和难以解脱的痛苦。这几句，抓住矛盾刻画心理，入木三分。白居易描写卖炭翁“可怜身上衣正单，心忧炭贱愿天寒”，也即用此手法，成为千古名句。

二三、弊庐交悲风，荒草没前庭。披褐守长夜，晨鸡不肯鸣。

摘自《饮酒二十首》诗之十七。屋破，风寒，庭荒，草深。上两句通过环境描写，显示出主人公穷困不堪的境遇。下两句则突出描写饥寒交迫、长夜难熬的痛苦感受。诗人写贫者心理，曾有“在夕思鸡鸣，及晨愿乌迁”名句，这里又一次写到鸡，但各有其妙。前者通过晨与夕的对比，从矛盾中刻画人物心理；这里“晨鸡不肯鸣”则是从侧面借物达意，“晨鸡”被理性化了，仿佛它们有意同贫者过不去，不肯报晓送走长夜，因而贫者迁怒于鸡。这当然是错觉，但却委婉深致地表现出贫者渴望鸡叫天亮的真实心理。艺术贵在创新，陶诗两处写鸡各具新意，不相重复。

二四、皭皭荒山里，猿声闲且哀。

摘自《丙辰岁八月中于下潠田舍获》诗。这两句是写诗人下田劳作途中所见黎明的深山景况，皭皭，白貌，形容晓雾的色彩。群山为白濛濛晓雾所笼罩，浑浑沌沌，显得一片荒莽。八月的山不会荒，“荒”，是此时此境赋予人的特殊感受。此句写目见，下句写耳闻。这时林鸟尚未出巢，从山中传出的只有那一阵阵悠长而凄哀的猿声。闲哀之声与荒莽之色相映衬，更加显示出深山黎明前那种迷濛、神秘而凄凉的景象和气氛。前人谓陶渊明“穷探极讨，尽山水之趣”（见宋汪藻《浮溪集》），这样的描写便传神尽趣。一本作“郁郁荒山里”，“郁郁”似不如“嵺嵺”切情够味。

二五、出门万里客，中道逢嘉友。未言心相醉，不在接杯酒。

摘自《拟古九首》诗之一。这几句写远客他乡结识好友的愉悦心情。上两句写出了人人心中共有之情：离家万里，人地生疏，能结识一位知心好友，该有多么高兴啊！下两句写举酒共饮，尤其体情入妙。这里不说酒逢知己饮，而说没有接触酒杯两人内心就醉了；醉人的不是酒，而是内心深情。互相倾慕、心心相印的情愫，溢于言表，令人回味。宋代欧阳修《醉翁亭记》有名句云：“醉翁之意不在酒，而在乎山水之间也。”两人之“醉”都“不在酒”。陶公唱之于前，欧公和之于后。由此亦可窥见文学继承发展的蛛丝马迹。

二六、露凝无游氛，天高肃景澈。陵岑耸逸峰，遥瞻皆奇绝。

摘自《和郭主簿二首》之二。露凝，指露结为霜。肃景，秋景，因秋气肃杀，草木凋零，故云。这几句写霜秋旷望之景。自从宋玉在《九辩》中发出“悲哉！秋之为气也”的感慨后，不得志的文人言秋必悲。陶渊明却大相径庭，看，霜华涤尽了浮游的云气，天，显得更高朗，景，显得更明净；草木叶落，远山显得更清晰，顶峰显得更加高耸挺拔。这幅秋景图境界阔大，气象峥嵘。肃杀的秋气在诗人心中引起的感觉不是哀伤，而是振奋。这里景与意会，反映了诗人凌霜傲寒的节操和卓尔不群的孤傲性格。清延君寿《老生常淡》云："一样写秋，迥与唐人不同，气味深静故耳。"

二七、羁鸟恋旧林，池鱼思故渊。

摘自《归园田居五首》诗之一。羁鸟，被关在笼中的鸟。池鱼，被捕获置于小池中的鱼。这两个比喻，显示出诗人对仕途生活的深刻认识。诗人生当晋、宋易代之际，一系列政局风云变幻和血腥屠杀就在他眼前发生。联系这一背景，可以看出，这里"羁鸟"、"池鱼"，不仅仅是诗人憎恶官场的拘束和限制，也表明他对阴谋屠杀的惊恐和担忧。"恋旧林"、"思故渊"，则显示"性本爱丘山"的诗人对淳朴的田园生活由衷地向往；也说明他弃官归田是早有思想准备的。故自彭泽弃官后，他就永不出仕。后代诗人常用此二句，以抒发对官场的厌恶之情。如唐孟浩然《京还赠张维》诗："因向智者说：游鱼思旧潭。"唐韦应物《雨夜宿清都观》诗："岂恋腰间绶，如彼笼中禽。"

二八、瞬美目以流眄，含言笑而不分。

摘自《闲情赋》。此篇塑造了一个理想中的美人形象。此句是描写美人眼神的名句。《诗・卫风・硕人》有"巧笑倩兮，美目盼兮"之语，本句即本于此而赋予新意。句中是说：转动着美丽的眼睛而顾盼流媚，是含笑还是眉语难辨难分。这幅"流眄图"，媚态"流"于外，深情"含"于内，显得这位美人既妩媚，又含蕴，格外动人。明杨慎《升庵诗话》云

"《九歌》'满堂兮美人，忽独与予兮目成'，宋玉《招魂》'娭光眇视目曾波'……陶渊明《闲情赋》'瞬美目以流眄，含言笑而不分'，曲尽丽情，深入冶态。"（见卷三）

二九、漉我新熟酒，只鸡招近局。

摘自《归园田居五首》诗之五。漉酒，以布从粱糟中沥酒。近局，邻曲。这两句写傍晚从田间归来，漉酒杀鸡，与邻人欢聚共饮。酒是自酿，鸡是自养，反映了农家生活的特殊风采。有酒有鸡，与邻人共享，则又显示出乡村中人与人之间亲密无间的关系。此二句"纯以质语真语胜"（见黄文焕《陶诗析义》卷三），有无穷妙味。李白《南陵别儿童入京》有"白酒新熟山中归，黄鸡啄黍秋正肥"句，盖取意于陶句。

三〇、暧暧远人村，依依墟里烟。

摘自《归园田居五首》诗之一。暧暧，隐约貌。远人，远处人家。依依，轻柔貌。墟里烟，指村户人家的炊烟。这两句写村居远眺的景象：远处村落，依稀可见；淡淡炊烟，徐徐升起。这里着墨不多，却绘出了一幅朦胧疏淡的写意画，给人以无限亲切、恬适之感；从中亦可想见诗人脱身仕途回归田园后那种特有的清新感受和愉悦情怀。这两句情景交融，前人评谓"斯入于化"（见清潘德舆《养一斋诗话》卷四），"直吐露真情来"，"有无穷妙味"（见日本近藤元粹评订《陶渊明集》卷二）。唐王维《辋川闲居赠裴迪秀才》诗有"渡头余落日，墟里上孤烟"名句，即从陶诗脱化而出，曹雪芹《红楼梦》中曾借人物之口予以评述(见第二十七回)。

三一、新葵郁北墉,嘉穟养南畴。

摘自《酬刘柴桑》诗。这两句写园田喜获丰收的情景。郁,茂盛貌。北墉,北墙,指后屋。穟,同“穗”。南畴,指屋前的田畴。十个字,绘出了一幅丰收图:屋后,园中蔬菜郁郁葱葱;屋前,使人仿佛看到新葵的葱绿和嘉穗的金黄,也仿佛看到耕稼者充满希望和喜悦的眼神。字简意丰,朴中含秀。前人谓:“‘郁’字、‘养’字是晋人用字胜三唐处。”(见清陈祚明《采菽堂古诗选》卷十三)。

三二、微雨洗高林,清飚矫云翮。

摘自《乙巳岁三月为建威参军使都经钱溪》诗。写经过钱溪所见的美好景色:朦朦的细雨把高莽的树林洗染得更加苍翠清新;阵阵清风,平添了鸟儿的勇气,使它们在云间飞翔得分外矫健。十个字,描写了微雨、高林、清风、浮云、飞鸟等众多景物;又选用“洗”和“矫”两个传神的动词,使诸多景物富有人性,情态毕露,形成了一幅雨助林光、飚助鸟力、统一和谐、生机盎然的画面,令人感到这里的天地是多么和睦、融洽而充满乐趣啊!诗人神往于此,他以景衬情,反衬出自己身在官场,受人差遣、制约的苦闷情怀,也反映出渴望回归园田的心绪。故紧接此句之后,诗人写道:“眷彼品物存,义风都未隔。伊余何为者,勉励从兹役?一形似有制,素襟不可易。园田日梦想,安得久离析?”明黄义焕

《陶诗析义》卷三引沃仪仲曰："林无求于雨，翮无求于风，偶然相遭，任其自得，是为'义风'。作参军者一形有制，遂愧不如矣。"

三三、悲风爱静夜，林鸟喜晨开。

摘自《丙辰岁八月中于下潠田舍获》诗。古人称为"妙句"。这两句写农村夜晚和黎明特有的情趣：夜晚，旷野万籁俱寂，风声显得更凄清，萧萧入耳；黎明，林中鸟儿特别热闹，最早迎接晨幕拉开。这里"悲"、"爱"、"喜"、"开"等字眼，体物工，炼字妙，有风趣，使景物富有情韵，"爱"字尤奇。"悲风"何"爱"之有？乍看似无理，寻思却有绪，因"静夜风声更清，有似于爱静夜"（清王堂语）。这里爱与喜，实际是写他自己静夜爱听悲风，黎明喜听鸟鸣，反映了他安于田园生活，心极闲静，故万物静观皆自得，悲与喜都感觉到别有情味。

三四、密网裁而鱼骇，宏罗制而鸟惊。

摘自《感士不遇赋》。鱼翔浅底，鸟宿高林，本来自由无虑；但密网织成，宏罗（捕鸟大网）制出，鱼、鸟可就要遭殃了，弄得它们惊恐不定。此句寓意深微。诗人把封建统治者残暴黑暗的统治比作"密网"、"宏罗"，他们作威作福，对人民横加控制，顺者存，逆者亡，危机四伏，弄得人人自危，如鱼骇鸟惊。这里形象地揭露出封建社会的狰狞残酷，反映出诗人对社会的深刻的洞察力。此句后而紧接着说："彼达人之善觉，乃逃禄而归耕。”诗人清醒地看到了社会真相，但又无力改变这种现状，只好以“逃禄归耕”的方式来冲破“密网”、“宏罗”。可见诗人辞官归隐，是出于对整个黑暗统治的仇视和反抗。

三五、凉风向夕起，夜景湛虚明；昭昭天宇阔，皛皛川上平。

摘自《辛丑岁七月赴假还江陵夜行涂口》诗。湛，清澈貌。这里用作动词，指月光映照。皛皛（xiǎo），明洁貌。这两句意思是说：晚风阵阵，凉爽宜人；月光皎洁，夜景空阔明净；明亮的天空显得分外寥廓高远，莹洁的江水显得分外平静。这里描绘出一幅迷人的月下秋江图，清风、明月、广阔的天幕、浩淼的江水，和谐组合，相互辉映，空灵幽静，纤尘不染。置身其境，真令人洗心涤虑，忘怀得失。前人评云：“景色如次，清湛无滓。”（清杨雍《诗镜》卷十）“体物之妙，畴非化工兼画工者”（清潘德舆《养一斋诗话》卷十）。

三六、望云惭高鸟，临水愧游鱼。

摘自《始作镇军参军经曲阿》诗。这两句写奉官差遣行役途中的心情。诗人“少无适俗韵，性本爱山丘”，如今身入官场，受人驱使和限制，这是违反初衷的。所以他触景动情，仰望在云中高飞的鸟，俯视在水中游翔的鱼，不由得感到惭愧。“惭”、“愧”二字，反映了诗人身在官场，心在园田，渴望摆脱束缚，渴望自由。明黄文焕云：“‘高’字、‘游’字尤有味，鸟或受弋，鱼或受饵，惟务高务游者能免。”（见《陶诗析义》卷三）诗人不久回到园田，正是为了追求这“高鸟”、“游鱼”般的生活境界。后世诗人尝有同怀者。唐岑参《寄左省杜拾遗》诗云：“白发悲花落，青云羡鸟飞。”盖即夺胎于陶句（参阅清宋微璧《抱真堂诗话》）。

三七、欲言无予和，挥杯劝孤影。

摘自《杂诗十二首》之二。此首写月夜愁思。诗人生当暗世，与俗不谐，壮志莫酬，隐居乡野。对着“遥遥万里晖”的明月，分外产生忧愤、孤寂之感。此二句正是这种特定心境的传神写照。“挥杯劝孤影”这一特写镜头，不仅反映出诗人忧愤、寂寞之情，也显示出诗人的孤高傲世之态。此二句忧愤深广，情悲词苦。唐代大诗人李白，一生不遇，晚年寄迹江湖，四方流浪。他怀着和陶渊明同样的心境，本乎此句，展开奇想，铸造出“花间一壶酒，独酌无相亲。举杯邀明月，对影成三人”名句（见《月下独酌》诗）。明王圻云：“李太白‘对影成三人’之句，亦出渊明‘欲言无予和，挥杯劝孤影’，盖其志有非他人窥测者。”（见《稗史》）

三八、盛年不重来，一日难再晨；及时当勉励，岁月不待人。

摘自《杂诗十二首》之一。这几句是说：一个人的青春美好年华过去了就不会再来，好比一天不会有两个早晨；因此必须勉励自己抓紧时机完成事业，须知岁月无情是不会等待人的。这几句，反映了诗人积极的人生态度。诗人毕生奋斗，从不懈怠，他常常为“徂年既流，业不增旧”而“怛焉内疚”(见《荣木》诗);为“日月掷人去,有志不获骋”而“终晓不能静”(见《杂诗》之二)。他仰慕“古人惜寸阴”(见《杂诗》之五);他劝告好友“敬兹良辰,以保尔躬”(见《答庞参军》诗),不要辜负大好时光。作为一个身处逆境的知识分子,不失望,不颓唐,始终积极进取,这种精神是难能可贵的。这四句,话语恳切,说理精辟,含意警策,发人深省,催人向上,像人们所熟知的“少壮不努力,老大徒伤悲”等古代格言一样。陶渊明的这几句名言,后人一直奉为座右铭。

三九、萧条隔天涯,愁怅念常餐。

摘自《杂诗十二首》之九。诗人曾因家贫谋食而出仕,奉遣出役。这两句写出役羁旅之苦。上句写离家遥远,途中倍感凄凉寂寥;下句写“一心处两端”,身在外,心在家,时时焦愁家人一饭难得,抱饥挨饿。句中突出“萧条”、“愁怅”,词悲情苦;“隔”、“念”尤曲尽无可奈何之态。读此诗句,真如清温汝能所云:“令人不觉有天南地北之感。”(见《陶诗汇评》卷四)

四○、被褐欣自得,屡空常晏如。

摘自《始作镇军参军经曲阿》诗。被褐,穿粗布短衣。屡空,盛放食物的器皿经常空着,指忍饥挨饿。晏如,安详自若貌。这两句与《五柳先生传》“短褐穿结,箪瓢屡空,晏如也”句意同,诗人写他闲居不仕虽然生活贫困,但精神却很愉快。这是因为他可以“委怀在琴书”,潜心进德修业。

这里反映了诗人的安贫乐道思想。孔子曾赞扬颜回“一箪食，一瓢饮，居陋巷，人不堪其忧，回也不改其乐”（见《论语·雍也》）。与颜回相对照，可看出陶公的安贫乐道思想，其渊源盖出于儒家。正如梁启超所云：“只是平平安安地将儒家话身体力行。”（见《陶渊明》）

四一、悟已往之不谏，知来者之可追；实迷途而未远，觉今是而昨非。

摘自《归去来兮辞》。前二句引用古代避世高人楚狂接舆的歌辞：“往者不可谏，来者犹可追。”（见《论语·微子》）以“悟”和“知”加以点化，突出了他对以往误入官场的悔恨和对归田后未来新生活充满信心；后二句进一步以自责的形式表达他对官场的厌恶。诗人把当时一般读书人热中追求的“仕途”说成“迷途”，这和他同时写的《归园田居》诗把做官比作“误入尘网”、“久在樊笼”一样，表明他对封建官场认识的深刻。“今是”、“昨非”，这是他认真回顾做官的沉痛教训之后得出的结论。可见他弃官归田，不是一时的感情冲动，而是理性的抉择。总之，这四句寓理于情，诚挚恳切，在平静的语气中显示出思想上的激烈斗争和深沉的感慨，表现出诗人洁身自好的高尚人格和与一般读书人大相径庭的人生观。今人悔过自新惯用“迷途知反”、“今是昨非”等词语，即源于此，可见其对后世产生的影响。

四二、神渊写时雨，晨色奏景风。

摘自《五月旦作和戴主簿》诗。神渊，指雨神。亦作“神萍”。《楚辞·天问》:“萍号起雨,何以兴之?”景风,和风。这两句是写风雨佳句。“写”、“奏”,状物极传神,用字极奇妙。明黄文焕《陶诗析义》曰:“雨脚雨点,丝丝倒现,是时雨被神渊描写也;观晨起之天色,足定其为何风,色清风必和,色晦风必恶,是晨风凭晨色具奏也。炼字炼句之奇奥,前无汉魏,后压三唐。”(见卷二)按,有的注本释“写”为“泻,降下”;又释“晨色奏景风”为鼓琴瑟奏夏至的景风,皆属曲解。

四三、秋菊有佳色,裛露掇其英。汎此忘忧物,远我遗世情。

摘自《饮酒二十首》诗之七。裛(yì)露,霑带露水。掇英,指采摘菊花。汎,浸泡,指以菊泡酒。古人谓食菊酒可以消忧延年,故诗人称菊酒为“忘忧物”。遗世,弃世。下句谓,饮菊酒使我的心离世更远。这是诗人采菊汎酒的目的。这几句寄意颇深,反映出诗人对于世情欲忘而又难忘的复杂心理,是聊以自慰之语。正如清吴淇所分析:“‘汎此’云云,是伤心不得有为之意。若曰无忧,又何用忘?既有忧,又何云‘远世情’?则己之忧不是世情,原是与民吉凶同患之情,此忧无所解,故借酒解之。”(见《六朝选诗定论》卷十一)陶渊明爱菊,常以酒菊并举,如“酒能祛百虑,菊为制颓龄”(《九日闲居》)等,也都是寄酒为迹、寓菊抒情。“秋菊有佳色”,写菊不着色相,遗貌取神,为咏菊名句。前人谓:“古来菊诗多矣,未有能及渊明语尽菊之妙,如‘秋菊有佳色’,他花不足以当此一‘佳’字,终篇寄意高远,皆由菊而发耳。”又谓此语“洗尽古今尘俗气”。(见宋李公焕《笺注陶诗》卷三)

四四、幽兰生前庭，含薰待春风；清风脱然至，见别萧艾中。

摘自《饮酒二十首》诗之十七。薰，香气。脱然，倪然，如果。萧艾，指杂草。这几句是说：兰草生长在庭前，和杂草差不多；如果清风吹过，兰花和杂草就区别开了。这里是以兰花比喻品德高尚的君子，以萧艾比喻品质低劣的小人，以清风比喻清明之世。意思是说，君子只有在清明之世，才可以大显身手。这几句，表现了诗人积极用世之心和世暗不遇之叹。明黄文焕云："'含'、'待'二字，写得兰花有情有品。风来香自远，否则同杂草无区别。"（见《陶诗析义》卷三）清蒋薰读陶诗曾作句云："幽兰不久开，清风不常吹。世人少觉悟，徒为失路悲。"（见《陶渊明诗集注》卷三）亦深会陶诗深旨。

四五、草荣识节和，木衰知风厉；虽无纪历志，四时自成岁。

摘自《桃花源诗》。这几句描写桃花源人过着顺应自然、无为而治的生活。看到草木欣荣就知道温暖的春天来了；看到草木凋谢，就知道严寒的冬天到了；虽然没有记载岁时的历书，人们照样知道春耕、夏耘、秋收、冬藏。一年四季，生活有规律、有节奏。这四句，重点在强调"无纪历志"。纪历，即历书。古代的历书是皇家颁布的，故又称"皇历"，它是皇权的象征。所以这里实质上是用桃花源里人的生活证明：没有皇家统治、指挥，老百姓会生活得更加有条理，更加怡然自乐。这与古歌谣《击壤歌》所谓"日出而作，日入而息；凿井而饮，耕田而食，帝力何有与我哉"含义相同，反映了人民不堪统治者的压迫、要求解放的心愿。这几句，平淡而深邃，自然精拔，举重若轻，语直意曲，耐人玩味。用词也省净。宋强幼安《唐子西文录》云："唐人有诗云：'山僧不解数甲子，一叶落知天下秋。'及观陶元亮诗云'虽无纪历志，四时自成岁'，便觉唐人费力。"

四六、试酌百情远，重觞忽忘天；天岂去此哉，任真无所先。

摘自《连雨独饮诗》。这是陶渊明的咏酒名句。陶渊明常常以酒入诗，借酒来发泄对人生的感慨和对现实的不满情绪，所以梁萧统评论说："有疑陶渊明诗篇篇有酒，吾观其意不在酒，亦寄酒为迹者也。"这几句便是"寄酒为迹"。试酌，初饮。百情，指人世的种种悲愁烦恼。重觞，再饮，连饮。此，指下文"任真"。任真，指听任自然，忘怀得失，这里写饮酒的妙处。意思是说，一端起酒杯，心头的苦恼便淡远了；连饮数杯，便达到忘怀一切，遗世独立，与自然融为一体的境界。这几句，反映诗人对人世虚伪、狡诈的忿懑，对想象中的真朴生活的向往和追求，一片忧世而又无可奈何之情，溢于言表。李白有诗云："穷愁千万端，美酒三百杯。愁多酒虽少，酒倾愁不来。"（《月下独酌》之四）又云："仙人殊恍惚，未若醉中真。"（《拟古》之三）盖与陶诗同调，可见两位大诗人是今古相接、呼吸相通的。

四七、山涤余霭，宇暧微霄；有风自南，翼彼新苗。

摘自《时运》诗。这几句描写田园春色：远山的残雾渐渐消散，天空的轻云隐隐约约；和风阵阵吹过，垅上麦苗披拂，好像鸟儿扇翅膀。这里充满生机和情趣，显示出一片清真和谐的自然美，反映出诗人热爱田园的情怀。句中用字传神，“涤”、“霭”二字，使残雾、轻云变幻之态，恍如在目。“翼”字尤妙。明钟伯敬云：“‘翼’字看得细极静极。”（见《古诗归》卷九）清陶澍亦云：“新苗因风而舞，若羽翼之状，工于肖物。”（见《靖节先生集》卷一）

四八、山嶷嶷而怀影，川汪汪而藏声。

摘自《感士不遇赋》。嶷嶷，山高大貌。怀影，怀藏身影。汪汪，水大貌。藏声，不露声音。这两句，本《老子》“大音希声，大象无形”的哲理。以山高不见影、川广不闻声为喻，形容大德大智的“达士”襟怀弘大，度量深沉，不露声色。这两句用典不露痕迹，比喻新颖切贴，发人深思。或释为：“高高的山岭隐着达人的身影，深广的流水藏着达人的声音。”似未得要领。

四九、云无心以出岫，鸟倦飞而知还。

摘自《归去来兮辞》。此二句，诗人写他脱身官场回归田园后的心境。诗中移情入景，云出鸟还，都带有浓厚的感情色彩。过去外出做官，本非情愿，就像那出岫之云本属“无心”；现在辞官归田，迷途知返，终于在园田中找到了理想的归宿，又多么像那倦鸟归巢。一个“倦”字，概括了诗人对多年官场生涯的总的感受，反映出诗人对尔虞我诈的黑暗官场十分厌恶的情绪。“知还”二字，则又反映出诗人对现实的清醒认识和坚决不与黑暗势力同流合污的节操。宋叶梦得《避暑录话》云：“此陶渊明出处大节，非胸中实有此境，不能为此言也。”

五〇、日月不肯迟，四时相催迫。

摘自《杂诗十二首》之七。这两句写岁月无情，光阴易逝。“不肯”二字，字谐意庄，寄寓着诗人“有志不获骋”的不遇之恨和老大之悲，发人励志，催人努力。宋葛立方云：“‘不肯’二字，含蓄甚佳。”他还述及杜甫善学陶，其诗曾两用“不肯”，《客夜》云：“客睡何曾著，秋天不肯明。”《陪王使君泛江》云：“山豁何时断，江平不肯流。”杜诗“不肯”，深得陶诗妙趣。（见《韵语阳秋》卷一）

五一、日负影以偕没，月媚景于云端。

摘自《闲情赋》。这两句写日落月升时的景象：夕阳背负着它的光影一同隐没，月亮在云彩间抚弄着她美丽的姿容。诗人观景极细，用字传神。上句“背”字，传出了落日晚霞依恋难舍之情；下句烘云托月，“媚”，既形容，又含动势，会使人联想到“云破月来花弄影”的良宵美景。

五二、见树木交荫，时鸟变声，亦复欢然有喜。

摘自《与子俨等疏》。这几句写从大自然中冥会到的真趣。上句写清风徐来，树木的阴影交相错杂；下句写季节变换，候鸟发出不同的鸣声。画笔极疏淡，境界却甚灵秀。从“交荫”，我们仿佛看到大自然在运笔作画；从“变声”，我们又仿佛听到大自然奏出和谐的乐曲。清贺贻孙《诗筏》分析，诗人乃是“已置身空明之内，耳目间别有见闻。其视‘树木交荫’，皆自然之文章；而‘时鸟变声’，皆自然之丝竹也。”南朝宋谢灵运有“池塘生春草，园柳变鸣禽”名句，语淡味浓，盖与陶句意境相通，皆快心自得之言。

五三、户庭无尘杂，虚室有余闲。

摘自《归园田居五首》诗之一。这两句写归园田后门庭清静、室内安闲的气氛。尘杂，世俗的杂事。诸如吏职的庸俗琐事、官场的虚伪交往等等，都囊括于这“尘杂”二字之中了。一个“无”字，体现了如释重负的心情。“虚室”，既指居室，也喻指内心。《庄子·人间世》：“虚室生白，吉祥止止。”司马彪注：“室比喻心。心能空虚，则纯白独生也。”就是说心地空明，即可充满阳光。陶句盖即本此。因此“虚室有余闲”就有了双重含义，既指居室空旷安闲，也兼指内心尘滓尽去，坦荡闲适，也即“心有常闲”（《自祭文》）、“灵府常独闲”（《戊申岁六月中遇火》）之意。一个“有”字，体现了诗人悠然自得、傲然自足的心情。这两句，写的虽是居处环境，

但从这环境却可以透视出诗人不慕荣利、淡泊宁静的个性，真可谓“立体的透明”（郭沫若语，见薄风《郭沫若谈诗》）

五四、鸟哢欢新节，泠风送余善。

摘自《癸卯岁始春怀古田舍二首》诗之一。鸟哢，鸟鸣。泠风，和煦的风。善，指美好景色。这两句描写新春的美好光景：鸟儿纵情鸣唱，欢呼新春降临；春风和煦，给大地送来了令人目不暇接的美景。这里既渲染出大自然的融融春意，又显示出诗人“夙晨装吾驾”参加春耕的愉悦情怀。出语似平淡，含义深，神与景接，古人评之谓“自然佳句”（王夫之语。见《古诗评选》卷四）

五五、白日沦西河，素月出东岭。
遥遥万里晖，荡荡空中景。

摘自《杂诗十二首》诗之一。沦，沦落。素月，皓月。荡荡，动荡貌。这几句描写秋夕日落月升时的空中景象，境界阔大，“空明澄彻，气韵清高”（清方东树语。见《昭昧詹言》卷四）。一“沦”一“出”，展现出日月运行和谐的节奏。后两句写月初升时光彩变幻，尤为玲珑剔透。明黄文焕析曰：“空中何处着景？月将出而明暗半参，既出而光彩遍动，景斯生矣。”（见《陶诗析义》卷四）诗人观景极细，静中见动。

五六、饥来驱我去，不知竟何之；
行行至斯里，扣门拙言辞。

摘自《乞食》诗。诗人“老至更长饥”，这四句写为饥所驱，无可奈何出门乞食的光景。乞食，是人世间最难堪的事。投乞何处，茫然无数；扣人之门，如何开口，有苦难言。这窘境和复杂矛盾的心情，都从"不知竟何之"、"扣门拙言辞"十个平实的字眼中真切地显露出来，使人如见乞者的愁容和窘态，不禁为之心酸。这四句如实叙述，于平淡中见真情。清康发祥谓读此"觉尔时之光景可见"（见《伯山诗话》）。清方宗诚也赞叹"扣门"句"极善形容"（见《陶诗真诠》）。

五七、宁固穷以济意，不委曲而累己。

摘自《感士不遇赋》。这句是说：宁可安于贫困以成全夙志，也不乞求富贵而损污自己的节操。此为明志誓言，表现出诗人不向权贵折腰的"硬骨头"精神和高尚的情操。诗人的可贵之处，在于言出行随。他宁可归耕，也不愿在小人手下为官；宁可饿饭，也不愿接受权贵的恩赐。正如宋朱熹所评："晋宋人物，虽曰尚清高，然个个要官职，这边一面清谈，那边一面招权纳货。陶渊明真个能不要，此所以高于晋宋人物。"（见《朱子语录》）此句上下对偶，一正一反，泾渭分明；又取"宁……不……"句式加以突出强调，感情色彩更加鲜明，语气更加斩绝，就像"宁为玉碎，不为瓦全"、"宁可站着死，不可跪着生"等名言一样，具有警顽立懦的力量。

五八、有子不留金，何用身后置。

摘自《杂诗十二首》之六。"不留金"，用汉疏广之故实。

据《汉书·疏广传》载，汉太子太傅疏广告老荣归后，将积累的官俸余金购置酒肉，每日广延乡亲故旧共饮享乐。有人劝他购置田宅，留给子孙后代，他说："我岂老悖不念子孙哉！顾自有旧田庐，令子孙勤力其中，足以供衣食，与凡人齐。今复增益之，以为赢余，但教子孙怠惰耳。"疏广这样做，是为了教育子孙自食其力，不怠惰，不依赖。陶渊明诗正取此意。在当时，这是一种移风易俗的思想；即使在今天，为了教育好子孙后代，我们从中还会得到有益的启示。

五九、尘爵耻虚罍，寒华徒自荣。

摘自《九日闲居》诗。重九佳节（农历九月九日），饮酒赏菊赋诗，是古代文人的传统。这两句，诗人写他家贫无酒、愧对良辰美景的惋惜、怅惘的心情。上句写无酒，但没有直说，只说酒樽（爵）生尘，酒壶（罍）空空。一"尘"一"虚"，概括了诗人家贫如洗的窘况。"耻"字兼指上下：爵与罍都为自己不能尽职而感到羞愧。这里诗人移情入物，让酒器代己受过，格外显露出一种自我嘲讽的意味。下句"寒华"指秋菊。秋菊盛开而主人无酒相待，该有多么扫兴啊！"徒自"二字，概括了菊的憾意和人的愧意。令人读之，不胜惋惜和愁怅。后代诗人写重九，常本此二句发挥创新。宋杨万里《诚斋诗话》谓：杜甫《九日》诗名句"竹叶于人既无分，菊花从此不须开"即夺胎于陶句。老杜重阳无酒，颇为懊恼，他向菊花当面叮嘱，妙趣神来；又借"竹叶青"酒的"竹叶"二字与"菊花"巧对，新鲜别致，可谓"青出于蓝而胜于蓝"。

六〇、迁化或夷险，肆志无窊隆。

摘自《五月旦作和戴主簿》诗。化，指大化，宇宙自然；迁化，泛指不断变化的人世。窊隆，洼下、突起，引申为穷通、贵贱。全句是说：人世虽然不断变化，有顺境，有逆境，但是一个执著于自己志尚的人，便能睥睨一切，无所谓穷通贵贱。这里的“志”，诗人指的是安贫乐道；也就是“五柳先生”式的“不慕荣利”、“忘怀得失”等闲傲世的情怀。此为诗人的励志之言，诗人一生身体力行之。他常通过描述古代高士来显示自己的这种生活态度，他赞美“荣叟老带索，欣然方弹琴；原生纳决履，清歌畅商音”（见《咏贫士》）；赞美春秋时令尹子文三次当令尹，无喜色，三次罢官，无愠色，超然物外，“冥兹愠喜”（见《命子》诗）。这些都是“肆志无窊隆”的生动注脚。这两句诗境界高、哲理性强，读之令人清心拔俗。清邱嘉穗曰：“虽天道有盈虚，而此心确乎其不可拔。非夫知命不惑而有潜龙之德者，其孰能之！”（见《东山草堂陶诗笺》卷三）“潜龙”云云，虽然说得有点玄乎，但的确道出了陶渊明道德情操修养之深。

六一、仲春遘时雨，始雷发东隅。众蛰各潜骇，草木纵横舒。

摘自《拟古九首》诗之三。遘时雨，遇到及时雨。众蛰，各种冬眠小虫。潜骇，暗中惊觉。纵横舒，随意舒展。诗人体物细、画笔工，写春雷、春雨毕肖。其生机蓬勃之情景，使人自然联想起杜甫“好雨知时节，当春乃发生；随风潜入夜，润物细无声”的名句。写春雷尤得前人赞赏。清潘德舆《养一斋诗话》云：“自来咏雷电诗，皆壮伟有余，轻婉不足，未免狰狞可恨。惟陶公‘仲春遘时雨，始雷发东隅’，杜审言‘日气含残雨，云阴送晚雷’，李义山‘飒飒东风细雨来，芙蓉塘外有轻雷’，最耐讽玩。”（见卷八）

六二、众鸟欣有托，吾亦爱吾庐。

摘自《读山海经十三首》诗之一。前两句谓：“孟夏草木长，绕屋树扶疏。”屋外，众鸟因树茂荫浓有所依托而欣喜飞鸣；屋内，主人亦为寄身得所而高兴。这两句，以鸟的欣有所托，衬托诗人自己隐居田园的宁静、闲适情怀。后代诗人借此二句抒发幽居愤世之情。宋辛弃疾《水调歌头·将迁新居不成》词：“二三子者爱我，此外故人疏。幽事欲论谁共，白鹤飞来似可，忽去复何如？众鸟欣有托，吾亦爱吾庐。”

六三、衣食当须记，力耕不吾欺。

摘自《移居二首》诗之二。诗人从长期田园生活实践中，深刻地认识到，只有勤力耕作，以劳动自营衣食，才能获取人生的真正乐趣。他不止一次地以此自勉勉人：“民生在勤，勤则不匮。宴安自逸，岁暮奚为？”（见《劝农》诗）“人生归有道，衣食固其端。孰是都不营，而以求自安？”（见《庚戌岁九月中于西田获早稻》诗）……这种主张力耕的“自然有为论”，与东晋士族好逸恶劳的“自然无为论”是针锋相对的。清沈德潜云："自勉勉人，每在耕稼，陶公异于晋人如此。"（见《古诗归》卷九）在古代诗人中，真正认识力耕而又"戮力东林隈"，亲身参加耕稼的，陶渊明之外难数他人。这是陶公的高人之处，也是值得后人永远景仰和学习的。

六四、进篑虽微，终焉为山。

摘自《赠长沙公》诗。本句是说：运一筐土虽然微不足道，但是不断地运，最终可以堆积成山。诗人勉励长沙公持之以恒，进德修业。这一比喻，生动地揭示出事物由小到大、由少到多、由量变到质变的发展规律，给人以有益的启示。按，此语源出《论语·子罕》："譬如为山，未成一篑，止，吾止也。譬如平地，虽覆一篑，进，吾往也。"陶渊明将这一段话提炼、概括为八字格言，言简意明，格外警策有力。从这里也可以看到诗人创造性地运用古人语言的高超技巧。

六五、花药分列，林竹翳如；清琴横床，浊酒半壶。

摘自《时运》诗。园中花草分列，屋外竹林掩映；床上放着琴，桌上摆着酒。读者透过这花、竹、琴、酒的特定场景，自可想见主人的隐者身份和闲情逸趣。"横床"、"半壶"尤有味，暗示那琴刚刚弹过，那酒刚刚饮过，更显示主人洒脱不羁。这十六个字"天机洋溢，意趣活泼，诚中形外，有触即发，自在流出，毫不费力，故能兴象玲珑，气体高妙，高浑古淡，妙合自然"（清朱庭珍《筱园诗话》语）。

六六、连林人不觉，独树众乃奇。

摘自《饮酒二十首》诗之九。青松在严霜降临之前，与各种树木“连林”混迹，并不惹人注目；一旦严霜扫荡，万木凋枯，它却苍翠“独树”，傲然挺立，才显示出特殊的风采。诗人面对着这一自然现象，发出了“人不见”、“众乃奇”的慨叹。这里不仅是赞美松树“岁寒后凋”的精神，“用以自况”(元吴师道语。见《吴礼部诗话》)，也是讥讽世风庸俗浅陋；而“奇”字，则更鞭挞了世人忌贤妒能、“雷同毁异，物恶其上”(《感士不遇赋》)的险恶用心。这两句理趣甚浓，是诗人对世态人心的深刻解剖。

六七、园日涉以成趣，门虽设而常关。

摘自《归去来兮辞》。此二句写归隐后息交绝游、闲适恬静的生活情趣。上句写每天到园田间散步，对园田生活无限热爱。下句“门虽设而常关”写归隐后，拒绝交往。据《晋书》及《南史》本传载，江州刺史王弘慕名造访，“潜称疾不见”；又，江州刺史檀道济馈以粱肉，他“麾而去之”。这正是“常关”的生动注脚。当然，诗人关门拒绝的仅仅是庸俗的官吏，而对于志同道合的佳邻好友、农夫田父，则是“清晨闻叩门，倒裳往自开”(《饮酒》诗之九)，“过门更相呼，有酒斟酌之”(《移居》诗之二)，“时复墟里人，披草共来往”(《归园田居》诗之二)……两相对照，爱憎分明。唐代大诗人杜甫，晚年隐居草堂，深会“门虽设而常关”诗意，创造出“花径不曾缘客扫，蓬门今始为君开”(《客至》诗)的名句。两位诗人所表露出的爱憎和情趣，真是“心有灵犀一点通”啊！

六八、我醉欲眠，卿可去。

据《宋书·陶渊明传》载：“陶潜性嗜酒，贵贱造之者，有酒辄设。潜若先醉，便语客：‘我醉欲眠，卿可去。’”卿，对客人的敬称。去，指离去。这句话，反映了诗人为人真率，性格洒脱不羁。后代诗人常模此意，以抒写浪漫情怀。唐李白《山中与幽人对酌》诗云：“两人对酌山花开，一杯一杯复一杯。我醉欲眠卿且去，明朝有意抱琴来。”宋司马光《北园乐饮》诗云：“浩歌纵饮任天机，莫使欢娱与性违。玉枕醉人从独卧，金羁倦客听先归。”

六九、但识琴中趣，何劳弦上声。

据《晋书·陶潜传》载，渊明不解音律，而蓄无弦琴一张，每遇朋酒之会，辄抚弄以和之，曰：“但识琴中趣，何劳弦上声？”这异乎寻常的做法，反映了诗人意趣高雅，不同凡俗，不拘泥于形式，只求意到神会。这与他“好读书，不求甚解；每有会意，便欣然忘食”(《五柳先生传》)的举动是一致的。后人常化用此句，以寄托高情雅趣。唐李白《赠崔秋浦》诗之二：“抱琴时弄月，取意任无弦。”宋辛弃疾《念奴娇·重九席上》词：“爱说琴中如得趣，弦上何劳声切。”

七〇、即事如已高，何必升华嵩。

摘自《五月旦作和戴主簿》诗。华嵩，华山、嵩山，传说中仙居之地。这句意思是说，如果你对现实事物有清醒的认识，思想境界高，就可以看破世情，摆脱俗累，怡然自乐，不必去寻仙求道。此句告诫友人，要丢掉虚妄的不切实际的幻想，脚踏实地，面对现实。诗人在长期的生活实践中，认识到“天道幽且远，鬼神茫昧然”（《怨诗楚调示庞主簿邓治中》），一切神仙鬼怪都是虚诞的、不可信的，好坏取决于自身，“庆自己蹈”（《祭程氏妹文》）。这唯物的人生观，与当时迷信神鬼的世俗观念针锋相对，显示出诗人思想的进步性。清刘熙载《诗概》云：“陶诗云：‘愿言蹑清风，高举寻吾契。’又云：‘即事如已高，何必升华嵩。’可见其玩心高明，未尝不脚踏实地，不是倜然无所归宿也。”

七一、青松在东园，众草没其姿；凝霜殄异类，卓然见高枝。

摘自《饮酒二十首》诗之八。凝霜，重霜、严霜。异类，指众草。见，同“现”，显现。这几句重点写松，是说：当众草茂盛时，松的奇姿也被遮没了；而当严霜降临，众草枯萎后，青松才显示出傲然独立的高大形象。这里诗人是借青松自喻，表述坚贞情志。“众草没其姿”一语寄愤遥深，诗人感慨自己的高尚品德，在是非不分、贤愚不辨的暗世，不可能被人重视。清温汝能云：“先生以青松自比，语语自怜，盖抱奇姿而终于隐遁，时为之也。”（见《陶诗汇评》卷三）诗中以“众草”与“青松”对比，又以“凝霜”为仲裁，有奇趣。正如清方东树云：“不过岁寒后凋之指，而说来如新闻。”（见《昭昧詹言》卷四）

七二、青松夹路生，白云宿檐端。

摘自《拟古九首》诗之五。这两句描写高人、隐士岩居壑处的生活环境，通过这青松参天、白云缭绕的环境描写，显示住宿在这里的主人高洁的情操和闲适自得的情怀。下句“宿”字有奇趣，使云与人相互契合，究境是云伴人宿，还是人伴云宿，浑然难辨，意味无穷。宋苏轼“白云南山来，就我檐下宿”（见《和李太白》诗）、宋辛弃疾“游人占却岩中屋，白云只在檐头宿”（见《菩萨蛮·题云》）等名句，显然皆由“白云宿檐端”句所脱胎。

七三、若凭舟之失棹，譬缘崖之无攀。

摘自《闲情赋》。这两句写意中之人思而不可得的恍惚不安心情。意思是说，我六神无主，就像乘船失掉桨，又像面对悬崖而无物可攀援。这两个比喻新鲜、生动，把潜藏于内心看不见、摸不着的情思，表现得活灵活现。陶渊明善用比喻，这便是生动一例。

七四、奇文共欣赏，疑义相与析。

摘自《移居二首》诗之一。奇文，指名篇佳作。这两句是说：有好的文章共同欣赏，遇到疑难的问题互相分析。这是诗人写他与好友相处共同读书、研讨学问的乐趣，含有孔子所言“君子以文会友，以友辅仁”（见《论语·颜渊》）之意。从中可以看出诗人隐居田园的的高情雅志和精神寄托之所在。此二句，今常用以指共同批判有问题的文章或荒谬的观点，带讽刺意味，已离开陶诗原意了。

七五、采菊东篱下，悠然见南山。

摘自《饮酒二十首》诗之五。南山，指庐山。此二句写悠闲自得的隐居生活，篱边采菊，意闲心旷，偶然见山，“山气日夕佳，飞鸟相与还”，境与意会，一刹那间，“不知何者为我，何者为物”（王国维《人间词话》语），一片真趣，一片天籁。这两句是千古佳句，宋严羽评云：“汉魏古诗，气象混沌，难以句摘，晋以还方有佳句。如渊明‘采菊东篱下，悠然见南山’、谢灵运‘池塘生春草’之类。谢所以不及陶者，康乐之诗精工，渊明之诗质而自然耳。”（见《沧浪诗话》）后世传本有将“见”更为“望”，颇不类。宋苏轼评曰：“因采菊而见山，境与意会，此句最有妙处。近世俗本皆作‘望南山’，则此一篇神气俱索然矣。”（见《东坡题跋·陶渊明〈饮酒〉诗后》）清吴淇亦云：“‘望’有意，‘见’无意。……‘悠然’，乃自得之谓也，此意在‘南山’之后，乃置于‘见’字之上者，盖此自得之趣，在于吾心，不关南山之见与不见也。”（见《六朝诗选定论》）后世诗人尝有仿效此二句者。宋葛立方《韵语阳秋》云：“韦应物《答长安丞裴悦》诗云：‘临流意已凄，采菊露未晞。举头见秋山，万事都若遗。’盖效渊明‘采菊东篱下，悠然见南山。此中有真意，欲辨已忘言'之句也。然渊明落世深入理窟，但见万象森罗，莫非真境，故因见南山而真意具焉。应物乃因意凄而采菊，因见秋山而遗万事，其与陶所得异矣。"（见卷四）

七六、狗吠深巷中，鸡鸣桑树巅。

摘自《归园田居五首》诗之一。这两句写乡村中极常见之物，突出"深巷中"、"桑树巅"，使人如临其境，如闻其声，耳目为之一新。这里逼真地显示出乡村中那种纯朴、安宁的生活气氛，荡漾着浓厚的乡情，反映了诗人"久在樊笼里，复得返自然"的宁静心情和清新感受。宋张戒云："此景物虽在目前，而非至闲至静之中，则不能到，此味不可及也。"（见《岁寒堂诗话》卷上）这两句诗，乃从汉乐府相和歌辞《鸡鸣》中借来，原句为："鸡鸣高树巅，狗吠深宫中。"陶诗移改两个字，兴象全别：前者写深宫高宅的哀怨之情；后者写乡村僻野的宁静之趣。由此可见诗人学古而为我用、师心独造的艺术造诣。

七七、猛志逸四海，骞翮思远翥。

摘自《杂诗十二首》之五。猛志，壮志。逸，超越。骞翮，展翅。翥，高飞。这句意思是说：我怀着立功四方的雄心壮志跃跃欲试，像那展翅的鸟儿要飞向远方。这是诗人回忆年轻时的乐观情怀。诗人早年曾抱有雄心壮志，希望能步其祖辈陶侃、陶茂的后尘，为国立功，"伊熏伊德"；为民兴利，“惠和千里”（见《命子》诗）。这里以“骞翮思远翥”作比喻，生动地描绘出一个有志青年朝气蓬勃、勇往直前的气概与豪情。《拟古》诗亦云：“少时壮且厉，抚剑独行游。”（之十一）诗人奔走四方，是为了寻找“相知人”，共展报国志。这些豪迈的诗句，显示出诗人积极用世之心，蕴藏着火一般的热情。

七八、日入室中闇，荆薪代明烛。

摘自《归园田居五首》诗之五。荆，灌木名。晒干的荆条，点燃可供照明。这两句写“斗酒聚比邻”与亲邻夜晚欢叙畅饮的场景。一束照明的荆条，增强了诗人与亲邻们欢聚的气氛，也显示出偏僻乡村农家特有的情味，它不同于明烛高照的华堂盛筵，这荆薪的烟火中，迷漫着野草的芳香，融汇着农家朴质真诚的情感。“荆薪代明烛”这一细节，显出不平常的诗意。

七九、宠非己荣，涅岂吾缁。

摘自《自祭文》。宠，荣宠，指高官厚禄。涅，以黑色染料染物。缁，黑色。二句意谓：我并不以富贵为荣，污浊的社会岂能把我染黑？这八个字，概括了陶渊明一生高尚的志操和品格，也是他立身处世的经验总结，包含着内因和外因的辩证法：正因为“宠非己荣”，洁身自好，所以才能抗腐蚀，出污泥而不染。“涅岂吾缁”一语，出于孔子，他曾说：“不曰坚乎，磨而不磷；不曰白乎，涅而不缁。”（见《论语·阳货》）意思是，至坚磨不损，至白染不黑。但孔子并未说清怎样才能至坚、至白，陶以"宠非己荣"四字说破，可谓"青出于蓝而胜于蓝"。

八〇、勤靡余劳，心有常闲。

摘自《自祭文》。上句是说，勤于耕田，虽然很劳苦，但没有多余的额外的精神负担，指不为富贵名利而操心。下句是说，内心纯洁、坦荡，一直宽松、安闲。这八个字概括了陶渊明超世脱俗的人格修养和安贫乐道的优美情操。梁启超在《陶渊明》一文中，认为此句可以"作为渊明先生人格的总赞"。

八一、虽留身后名，一生亦枯槁。

摘自《饮酒二十首》诗之十一。这两句，诗人慨叹颜回、荣公等怀仁乐道之古贤士身后虽千古留名，但生前都困顿不堪。后人常以此言概括陶渊明及古代许多怀才不遇的贤达之士。苏轼《东坡题跋·书陶渊明〈乞食〉诗后》："饥饿常在生前，声名常在身后，二者不相待，此士之所以穷也。"（见卷二）清张潮曰："古今同慨，少陵'千秋万岁名，寂寞身后事'，亦是此意。"（见《曹陶谢三家诗·陶渊明诗》卷二）

后 记

我一向衷情于古典诗词，喜欢阅读，喜欢研究，也喜欢习作。尤其是退休十多年来，身闲心静，在诗词阅读欣赏和写作上，投入了更多的时间和精力。为了弥补老年记忆力衰退的弱点，我养成了记笔记、写札记的习惯。平日阅读诗词或诗词评论，遇精彩之处，随手抄录，并记下自己的理解和体会；感到不足之处，也记下自己的分析和意见；本人或与诗友在习作中的切身经验教训，一点一滴，也随手记录下来。一日三，三日九，不断积累，竟记有数千条，装订成十多册。有几位同道好友翻阅过，都说这工作做得“有点意思”，虽然零碎，但所记皆从实践中获得，不谈空，很实惠，能解决实际问题。他们还建议我能整理出版，认为这些札记，对人们阅读欣赏古典诗词和学写诗词，会有启发和帮助。朋友们的鼓励和促进，使我动了心。于是着手先选出二百多条，略加修改，整理成书，定名为《学诗札记》。附录的《陶渊明名句小笺》，是我学习陶诗的心得体会，其内容和写法，与前面札记大体相同，故合为一书。倘若这本小册子问世后能对读者有所裨益，受到欢迎，将陆续整理出续集。垂暮之年，如能在这方面献出一点余热，亦会得到不小的安慰。这当然还必须经过读者的检验和批评。

这本书初稿，曾得到好友著名美学家王明居教授的指点纠正，他还欣然为本书作序，鼓励有加，合我深受鼓舞。

本书整理过程中，甥女刘慧、甥婿翟笃和，不辞劳苦，在工作之暇，为稿本打字，使其早日成书，他们的一片孝心，老舅颇得安慰，这实在应当记上一笔，以志亲情无价。

何庆善

二〇〇七年春节于安徽大学怡然轩